Coleção dos Autores Célebres
da
LITERATURA BRASILEIRA

1. RESSURREIÇÃO — Machado de Assis
2. A MÃO E A LUVA — Machado de Assis
3. HELENA — Machado de Assis
4. IAIÁ GARCIA — Machado de Assis
5. MEMÓRIAS PÓSTUMAS DE BRÁS CUBAS — Machado de Assis
6. QUINCAS BORBA — Machado de Assis
7. DOM CASMURRO — Machado de Assis
8. ESAÚ E JACÓ — Machado de Assis
9. MEMORIAL DE AIRES — Machado de Assis
10. CONTOS FLUMINENSES — Machado de Assis
11. HISTÓRIAS DA MEIA-NOITE — Machado de Assis
12. PAPÉIS AVULSOS — Machado de Assis
13. HISTÓRIAS SEM DATA — Machado de Assis
14. VÁRIAS HISTÓRIAS — Machado de Assis
15. PÁGINAS RECOLHIDAS — Machado de Assis
16. RELÍQUIAS DE CASA VELHA — Machado de Assis
17. CASA VELHA — Machado de Assis
18. POESIAS COMPLETAS — Machado de Assis

HISTÓRIAS DA MEIA-NOITE

Coleção dos Autores Célebres
da
LITERATURA BRASILEIRA

11.

Estabelecimento do texto e notas
ADRIANO DA GAMA KURY

Capa
CLÁUDIO MARTINS

Vinheta da capa e ilustrações
POTY

Machado de Assis

Histórias
da Meia-Noite

LIVRARIA GARNIER

118, Rua Benjamim Constant, 118 | 53, Rua São Geraldo, 53
RIO DE JANEIRO | BELO HORIZONTE

2003

Direitos de Propriedade Literária adquiridos pela
LIVRARIA GARNIER
Rio de Janeiro — Belo Horizonte

IMPRESSO NO BRASIL
PRINTED IN BRAZIL

LIVRARIA GARNIER
Fundada em 1843

CONSELHO CONSULTIVO EDITORIAL

1996-1999

Presidente
Pedro Paulo Moreira
Conselheiros
Adriano da Gama Kury
Antonio Brito da Cunha
Antonio Candido de Mello e Souza
Antonio Paim
Ascendino Leite
✟ Francisco Iglésias
Eugênio Amado
Gilda de Mello e Souza
✟ Hênio Tavares
Homero Senna
Letícia Mallard
Melânia Silva de Aguiar
Miguel Reale
Ruth Silviano Brandão
✟ Wilton Cardoso

LIVRARIA GARNIER
Rua Benjamin Constant, 118
20241-150 - Rio de Janeiro, RJ - Tel.: (xx21) 3252-8327
Rua São Geraldo, 53
20150-070 - Belo Horizonte, MG - Tel.:(xx31) 3212-4600 - Fax.: 3224-5151

1988-1991

Presidente
Pedro Paulo Moreira
Conselheiros
Adriano da Gama Kury
✞ Américo Jacobina Lacombe
Antônio Brito da Cunha
Antonio Candido de Mello e Sousa
Antonio Paim
Ascendino Leite
✞Francisco Assis Barbosa
Francisco Iglésias
Gilka Weber
Homero Senna
✞José de Barros Martins
Maria da Conceição de M. C. Beltrão
Miguel Reale
Plínio Doyle
Wilton Cardoso

1992-1995

Presidente
Pedro Paulo Moreira
Conselheiros
Adriano da Gama Kury
Antonio Brito da Cunha
Antonio Candido de Mello e Sousa
Antonio Paim
Ascendino Leite
Francisco Iglésias
✞João Etienne Arreguy Filho
Gilda de Mello e Souza
Hênio Tavares
Homero Senna
Letícia Mallard
Melânia Silva de Aguiar
Miguel Reale
Ruth Silviano Brandão
Wilton Cardoso

ÍNDICE

Sobre esta edição	11
Advertência	13
A PARASITA AZUL	15
I — Volta ao Brasil	15
II — Para Goiás	23
III — O encontro	30
IV — A festa	38
V — Paixão	45
VI — Revelação	49
VII — Precipiam-se os acontecimentos	54
AS BOAS DE LUÍS DUARTE	63
ERNESTO DE TAL	81
AURORA SEM DIA	110
O RELÓGIO DE OURO	133
PONTO DE VISTA	143
Notas	164

SOBRE ESTA EDIÇÃO

Histórias da Meia-Noite teve apenas uma edição em vida do A., datada de 1873, data que não figura na folha de rosto mas consta do colofão, no seu verso: "Typ. Franco-Americana, rua d'Ajuda, 18-1873". Serviu-nos de texto-base. Informa-nos o saudoso J. Galante de Sousa, na sua prestantíssima *Bibliografia de Machado de Assis*, que, à exceção de "Aurora sem Dia", as demais "histórias" foram antes publicadas no *Jornal das Famílias,* entre junho de 1872 e novembro de 1873. Nesse periódico, acrescenta Galante, "As Bodas de Luís Duarte" e "Ponto de Vista" trazem, respectivamente, os títulos de "As Bodas do Dr. Duarte" e "Quem Desdenha". Somente em 1917 é que saiu a 2ª ed., ao que se depreende da sumária indicação ao pé do Índice: "Paillart (17)". É de crer que M. de A. tenha entregue ao editor Garnier um exemplar emendado, já que esta 2ª ed. traz pequenas modificações para melhor, sobretudo na pontuação.
Ambas as edições contêm numerosas gralhas tipográficas miúdas.

*

Nas *Histórias da Meia-Noite*, saídas apenas três anos depois dos *Contos Fluminenses*, já não ocorrem as concordâncias e as colocações de pronomes não-canônicas que assinalamos na Advertência a esse livro. Dá a impressão de que M. de A. teve a sua atenção despertada para esses desvios.

*

11

Das narrativas que compõem este livro, a primeira, "A Parasita Azul", que ocupa mais de 40 páginas, e "Ernesto de Tal", com 24 páginas, tal como as dos *Contos Fluminenses*, são divididas em capítulos, e talvez devessem ser rotuladas antes como novelas, especialmente a primeira, de trama algo complexa e que lembra *A Moreninha*, de J. M. de Macedo. As histórias do livro são todas românticas, e mal deixam adivinhar o futuro contista de *Papéis Avulsos*, apesar da presença de inegáveis qualidades de estilo.

Em sua companhia o leitor passará, sem dúvida, horas agradáveis.

PEQUENA BIBLIOGRAFIA

Além das obras clássicas sobre Machado de Assis, já citadas em volumes anteriores, consultar-se-ão com proveito:

ABREU, MODESTO DE. "Machado de Assis, mestre do conto e do verso". *Ilustração Brasileira*, Rio de Janeiro, agosto de 1954.

BARBOSA, FRANCISCO DE ASSIS. "O contista número um da língua portuguesa". *Cultura*, Rio de Janeiro, nº 3, maio-agosto de 1949, p. 193-242.

BROCA, BRITO. *Machado de Assis e a Política*. Rio de Janeiro, 1975, p. 44-53.

LEÃO, MÚCIO. "O conto de Machado de Assis". In Academia Brasileira de Letras. *Curso de Conto*. Rio de Janeiro, 1958, p. 109-131.

MONTELO, JOSUÉ. "O conto brasileiro de Machado de Assis a Monteiro Lobato. In *Caminho da Fonte*, Rio de Janeiro, INL, 1959, p. 279-365.

SOUSA, J. GALANTE DE. "A propósito de um inédito de Machado de Assis". *Correio da Manhã*, Rio de Janeiro, 9-4-53.

ADRIANO DA GAMA KURY

NOTA:

O preparo desta edição foi facilitado graças à colaboração de Plínio Doyle, que possibilitou o acesso à sua Machadiana.

ADVERTÊNCIA

Vão aqui reunidas algumas narrativas, escritas ao correr da pena, sem outra pretensão que não seja a de ocupar alguma sobra do precioso tempo do leitor. Não digo com isto que o gênero seja menos digno da atenção dele, nem que deixe de exigir predicados de observação e de estilo. O que digo é que estas páginas, reunidas por um editor benévolo, são as mais desambiciosas do mundo.

Aproveito a ocasião que se me oferece para agradecer à crítica e ao público a generosidade com que receberam o meu primeiro romance, há tempos dado à luz. Trabalhos de gênero diverso me impediram até agora de concluir outro, que aparecerá a seu tempo.

10 de novembro de 1873.

M. A.

A PARASITA AZUL

I

VOLTA AO BRASIL

Há cerca de dezesseis anos, desembarcava no Rio de Janeiro, vindo da Europa, o Sr. Camilo Seabra, goiano de nascimento, que ali fora estudar medicina e voltava agora com o diploma na algibeira e umas saudades no coração. Voltava depois de uma ausência de oito anos, tendo visto e admirado as principais cousas que um homem pode ver e admirar por lá, quando não lhe falta gosto nem meios. Ambas as cousas possuía, e se tivesse também, não digo muito, mas um pouco mais de juízo, houvera gozado melhor do que gozou, e com justiça poderia dizer que vivera.

Não abonava muito os seus sentimentos patrióticos o rosto com que entrou a barra da capital brasileira. Trazia-o fechado e merencório, como quem abafa em si alguma cousa que não é exatamente a bem-aventurança terreste. Arrastou um olhar aborrecido pela cidade, que se ia desenrolando à proporção que o navio se dirigia ao ancoradouro. Quando veio a hora de desembarcar, fê-lo com a mesma alegria com que o réu transpõe os umbrais do cárcere. O escaler afastou-se do navio, em cujo mastro flutuava uma bandeira tricolor; Camilo murmurou consigo:

— Adeus, França!

Depois envolveu-se num magnífico silêncio e deixou-se levar para terra. O espetáculo da cidade, que ele não via há tanto tempo, sempre lhe prendeu um pouco a atenção. Não tinha porém dentro da alma o alvoroço de Ulisses ao ver a terra da sua pátria. Era antes pasmo e tédio. Comparava o que via agora com o que vira durante longos anos, e sentia a mais e mais apertar-lhe o coração a dolorosa saudade que o minava. Encaminhou-se para o primeiro hotel que lhe pareceu conveniente, e ali determinou passar alguns dias, antes de seguir para Goiás. Jantou solitário e triste com a mente cheia de mil recordações do mundo que acabava de deixar, e para dar ainda maior desafogo à memória, apenas acabado o jantar, estendeu-se num canapé, e começou a desfiar consigo mesmo um rosário de cruéis desventuras.

Na opinião dele, nunca houvera mortal que mais dolorosamente experimentasse a hostilidade do destino. Nem no martirológio cristão, nem nos trágicos gregos, nem no livro de Jó, havia sequer um pálido esboço dos seus infortúnios.

Vejamos alguns traços patéticos da existência do nosso herói.

Nascera rico, filho de um proprietário de Goiás, que nunca vira outra terra além da sua província natal. Em 1828 estivera ali um naturalista francês, com quem o comendador Seabra travou relações, e de quem se fez tão amigo, que não quis outro padrinho para o seu único filho, que então contava um ano de idade. O naturalista, muito antes de o ser, cometera umas venialidades poéticas que mereceram alguns elogios em 1810, mas que o tempo, — velho trapeiro da eternidade, — levou consigo para o infinito depósito das cousas inúteis. Tudo lhe perdoara o ex-poeta, menos o esquecimento de um poema em que ele metrificara a vida de Fúrio Camilo,[1] poema que ainda então lia com sincero entusiasmo. Como lembrança desta obra da juventude, chamou ele ao afilhado Camilo, e com esse nome o batizou o padre Maciel, a grande aprazimento da família e seus amigos.

— Compadre, disse o comendador ao naturalista, se este pequeno vingar, hei de mandá-lo para sua terra, a aprender medicina ou qualquer outra cousa em que se faça homem. No caso de lhe achar jeito para andar com plantas e minerais, como o senhor, não se acanhe; dê-lhe o destino que lhe parecer como se fora seu pai, que o é, espiritualmente falando.

— Quem sabe se eu viverei nesse tempo? disse o naturalista.

— Oh! há de viver! protestou Seabra. Esse corpo não engana; a sua têmpera é de ferro. Não o vejo eu andar todos os dias por esses matos e campos, indiferente a sóis e a chuvas, sem nunca ter a mais leve dor de cabeça? Com metade dos seus trabalhos já eu estava defunto. Há de viver e cuidar do meu rapaz, apenas ele tiver concluído cá os seus primeiros estudos.

A promessa de Seabra foi pontualmente cumprida. Camilo seguiu para Paris, logo depois de alguns preparatórios, e ali o padrinho cuidou dele como se realmente fora seu pai. O comendador não poupava dinheiro para que nada faltasse ao filho; a mesada que lhe mandava podia bem servir para duas ou três pessoas em iguais circunstâncias. Além da mesada, recebia ele por ocasião da Páscoa e do Natal, amêndoas e festas que a mãe lhe mandava, e que lhe chegavam às mãos debaixo da forma de alguns excelentes mil francos.

Até aqui o único ponto negro na existência de Camilo, era o padrinho, que o trazia peado, com receio de que o rapaz viesse a perder-se nos precipícios da grande cidade. Quis, porém, a sua boa estrela que o ex-poeta de 1810 fosse repousar no nada ao lado das suas produções extintas, deixando na ciência alguns vestígios da sua passagem por ela. Camilo apressou-se a escrever ao pai uma carta cheia de reflexões filosóficas.

O período final dizia assim:

"Em suma, meu pai, se lhe parece que eu tenho o necessário juízo para concluir aqui os meus estudos, e se tem confiança na boa inspiração que me há de dar a alma daquele que lá se foi deste vale de lágrimas para gozar a infinita bem-aventurança, deixe-me cá ficar até que eu possa regressar ao meu país como um cidadão esclarecido e apto para o servir, como é do meu dever. Caso a sua vontade seja contrária a isto que lhe peço, diga-o com franqueza, meu pai, porque então não me demorarei um instante mais nesta terra, que já foi meia pátria para mim, e que hoje (*hélas!*) é apenas uma terra de exílio."

O bom velho não era homem que pudesse ver por entre as linhas desta lacrimosa epístola o verdadeiro sentimento que a ditara. Chorou de alegria ao ler as palavras do filho, mostrou a carta a todos os seus amigos, e apressou-se a responder ao rapaz que podia ficar em Paris todo o tempo necessário para completar os seus estudos, e que, além da mesada que lhe dava, nunca recusaria tudo quanto lhe fosse indispensável em circunstâncias imprevistas. Além disto, aprovava de coração os sentimentos que ele manifestava em relação à sua pátria e à memória do padrinho. Transmitia-lhe muitas recomendações do tio Jorge, do padre Maciel, do coronel Veiga, de todos os parentes e amigos, e concluía deitando-lhe a benção.

A resposta paterna chegou às mãos de Camilo no meio de um almoço, que ele dava no Café de Madrid a dois ou três estróinas de primeira qualidade. Esperava aquilo mesmo, mas não resistiu ao desejo de beber à saúde do pai, ato em que foi acompanhado pelos elegantes milhafres seus amigos. Nesse mesmo dia planeou Camilo algumas circunstâncias imprevistas (para o comendador) e o próximo correio trouxe para o Brasil uma extensa carta em que ele agradecia as boas expressões do pai, dizia-lhe as suas saudades, confiava-lhe as suas esperanças, e pedia-lhe respeitosamente, em *post-scriptum*, a remessa de uma pequena quantia de dinheiro.

Graças a estas facilidades atirou-se o nosso Camilo a uma vida solta e dispendiosa, não tanto, porém, que lhe sacrificasse os estudos. A inteligência que possuía, e certo amor-próprio que não perdera, muito o ajudaram neste lance; concluído o curso, foi examinado, aprovado e doutorado.

A notícia do acontecimento foi transmitida ao pai com o pedido de uma licença para ir ver outras terras da Europa. Obteve a licença, e saiu de Paris para visitar a Itália, a Suíça, a Alemanha e a Inglaterra. No fim de alguns meses estava outra vez na grande capital, e aí reatou o fio da sua antiga existência, já livre então de cuidados estranhos e aborrecidos. A escala toda dos prazeres sensuais e frívolos foi percorrida por este esperançoso mancebo com uma sofreguidão que parecia antes suicídio. Seus amigos eram numerosos, solícitos e

18

constantes; alguns não duvidavam dar-lhe a honra de o constituir seu credor. Entre as moças de Corinto era o seu nome verdadeiramente popular; não poucas o tinham amado até o delírio. Não havia pateada célebre em que a chave dos seus aposentos não figurasse, nem corrida, nem ceiata, nem passeio, em que não ocupasse um dos primeiros lugares *cet aimable Brésilien*. Desejoso de o ver, escreveu-lhe o comendador pedindo que regressasse ao Brasil; mas o filho, parisiense até à medula dos ossos, não compreendia que um homem pudesse sair do cérebro da França para vir internar-se em Goiás. Respondeu com evasivas e deixou-se ficar. O velho fez vista grossa a esta primeira desobediência. Tempos depois insistiu em chamá-lo; novas evasivas da parte de Camilo. Irritou-se o pai e a terceira carta que lhe mandou foi já de amargas censuras. Camilo caiu em si e dispôs-se com grande mágoa a regressar à pátria, não sem esperanças de voltar a acabar os seus dias no *boulevard* dos Italianos ou à porta do Café Helder.

Um incidente, porém, demorou ainda desta vez o regresso do jovem médico. Ele, que até ali vivera de amores fáceis e paixões de uma hora, veio a enamorar-se repentinamente de uma linda princesa russa. Não se assustem; a princesa russa de quem falo, afirmavam algumas pessoas que era filha da rua do Bac e trabalhara numa casa de modas, até à revolução de 1848. No meio da revolução apaixonou-se por ela um major polaco, que a levou para Varsóvia, donde acabava de chegar transformada em princesa, com um nome acabado em *ine* ou em *off,* não sei bem. Vivia misteriosamente, zombando de todos os seus adoradores, exceto de Camilo, dizia ela, por quem sentia que era capaz de aposentar as suas roupas de viúva. Tão depressa, porém, soltava estas expressões irrefletidas, como logo protestava com os olhos no céu:

— Oh! não! nunca, meu caro Alexis, nunca desonrarei a tua memória unindo-me a outro.

Isto eram punhais que dilaceravam o coração de Camilo. O jovem médico jurava por todos os santos do calendário latino e grego que nunca amara a ninguém como à formosa princesa. A bárbara senhora parecia às vezes disposta a crer nos protestos de Camilo; outras vezes porém abanava a cabeça e pedia perdão à sombra do venerando príncipe Alexis. Neste meio tempo chegou uma carta decisiva do comendador. O velho goiano intimava pela última vez ao filho que voltasse, sob pena de lhe suspender todos os recursos e trancar-lhe a porta. Não era possível tergiversar mais. Imaginou ainda uma grave moléstia; mas a idéia de que o pai podia não acreditar nela e suspender-lhe realmente os meios, aluiu de todo este projeto. Camilo nem ânimo teve de ir confessar a sua posição à bela princesa; receiava além disso que ela, por um rasgo de generosidade, — natural em quem ama, — quisesse dividir com ele as suas terras de Novgorod. Aceitá-las seria humilhação, recusá-las poderia ser ofensa. Camilo preferiu sair de Paris deixando à princesa uma carta em que lhe contava singelamente os acontecimentos e prometia voltar algum dia.

Tais eram as calamidades com que o destino quisera abater o ânimo de Camilo. Todas elas repassou na memória o infeliz viajante, até que ouviu bater oito horas da noite. Saiu um pouco para tomar ar, e ainda mais se lhe acenderam as saudades de Paris. Tudo lhe parecia lúgubre, acanhado, mesquinho. Olhou com desdém olímpico para todas as lojas da Rua do Ouvidor, que lhe pareceu apenas um beco muito comprido e muito iluminado. Achava os homens deselegantes, as senhoras desgraciosas. Lembrou-se, porém, que Santa Luzia, sua cidade natal, era ainda menos parisiense que o Rio de Janeiro, e então, abatido com esta importuna idéia correu para o hotel e deitou-se a dormir.

No dia seguinte, logo depois do almoço, foi a casa do correspondente de seu pai. Declarou-lhe que tencionava seguir dentro de quatro ou cinco dias para Goiás, e recebeu dele os necessários recursos, segundo as ordens já dadas pelo comendador. O correspondente acrescentou que estava incumbido de lhe facilitar tudo o que quisesse no caso de desejar passar algumas semanas na corte.

— Não, respondeu Camilo; nada me prende à corte, e estou ansioso por me ver a caminho.

— Imagino as saudades que há de ter. Há quantos anos?

— Oito.

— Oito! Já é uma ausência longa.

Isto eram punhais que dilaceravam o coração de Camilo.

(HISTÓRIAS DA MEIA-NOITE — A parasita azul, página 19)

Camilo ia-se dispondo a sair, quando viu entrar um sujeito alto, magro, com alguma barba em baixo do queixo e bigode, vestido com um paletó de brim pardo e trazendo na cabeça um chapéu de Chile. O sujeito olhou para Camilo, estacou, recuou um passo, e depois de uma razoável hesitação, exclamou:

— Não me engano! é o Sr. Camilo!
— Camilo Seabra, com efeito, respondeu o filho do comendador, lançando um olhar interrogativo ao dono da casa.
— Este senhor, disse o correspondente, é o Sr. Soares, filho do negociante do mesmo nome, da cidade de Santa Luzia.
— Quê! é o Leandro que eu deixei apenas com um buço...
— Em carne e osso, interrompeu Soares; é o mesmo Leandro que lhe aparece agora todo barbado, como o senhor, que também está com uns bigodes bonitos!
— Pois não o conhecia...
— Conheci-o eu apenas o vi, apesar de o achar muito mudado do que era. Está agora um moço apurado. Eu é que estou velho. Já cá estão vinte e seis... Não se ria: estou velho. Quando chegou?
— Ontem.
— E quando segue viagem para Goiás?
— Espero o primeiro vapor de Santos.
— Nem de propósito! Iremos juntos.
— Como está seu pai? Como vai toda aquela gente? O padre Maciel? O Veiga? Dê-me notícias de todos e de tudo.
— Temos tempo para conversar à vontade. Por agora só lhe digo que todos vão bem. O vigário é que esteve dois meses doente de uma febre maligna e ninguém pensava que arribasse; mas arribou. Deus nos livre que o homem adoeça, agora que estamos com o Espírito Santo à porta.
— Ainda se fazem aquelas festas?
— Pois então! O imperador, este ano, é o coronel Veiga; e diz que quer fazer as cousas com todo o brilho. Já prometeu que daria um baile. Mas nós temos tempo de conversar, ou aqui ou em caminho. Onde está morando?

Camilo indicou o hotel em que se achava, e despediu-se do comprovinciano, satisfeito de haver encontrado um companheiro que de algum modo lhe diminuísse os tédios de tão longa viagem. Soares chegou à porta e acompanhou com os olhos o filho do comendador até perdê-lo de vista.

— Veja o senhor o que é andar por essas terras estrangeiras, disse ele ao correspondente, que também chegava à porta. Que mudança fez aquele rapaz, que era pouco mais ou menos como eu!

II

PARA GOIÁS

Daí a dias seguiam ambos para Santos, de lá para S. Paulo e tomavam a estrada de Goiás.

Soares, à medida que ia reavendo a antiga intimidade com o filho do comendador, contava-lhe as memórias da sua vida, durante os oito anos de separação, e, à falta de cousa melhor, era isto o que entretinha o médico nas ocasiões e lugares em que a natureza lhe não oferecia algum espetáculo dos seus. Ao cabo de umas quantas léguas de marcha estava Camilo informado das rixas eleitorais de Soares, das suas aventuras na caça, das suas proezas amorosas, e de muitas cousas mais, umas graves, outras fúteis, que Soares narrava com igual entusiasmo e interesse.

Camilo não era espírito observador; mas a alma de Soares andava-lhe tão patente nas mãos, que era impossível deixar de a ver e examinar. Não lhe pareceu mau rapaz; notou-lhe, porém, certa fanfarronice, em todo o gênero de cousas, na política, na caça, no jogo, e até nos amores. Neste último capítulo havia um parágrafo sério; era o que dizia respeito a uma moça, que ele amava loucamente, de tal modo que prometia aniquilar a quem quer que ousasse levantar olhos para ela.

— É o que lhe digo, Camilo, confessava o filho do comerciante, se alguém tiver o atrevimento de pretender essa moça pode contar que há no mundo mais dois desgraçados, ele e eu. Não há de acontecer assim, felizmente; lá todos me conhecem; sabem que não cochilo para executar o que pro-

meto. Há poucos meses o major Valente perdeu a eleição só porque teve o atrevimento de dizer que ia arranjar a demissão do juiz municipal. Não arranjou a demissão, e por castigo tomou taboca; saiu na lista dos suplentes. Quem lhe deu o golpe fui eu. A cousa foi...
— Mas por que não se casa com essa moça? perguntou Camilo desviando cautelosamente a narração da última vitória eleitoral de Soares.
— Não me caso porque... tem muita curiosidade de o saber?
— Curiosidade... de amigo e nada mais.
— Não me caso porque ela não quer.
Camilo estacou o cavalo.
— Não quer? disse ele espantado. Então por que motivo pretende impedir que ela...
— Isso é uma história muito comprida. A Isabel...
— Isabel?... interrompeu Camilo. Ora espere, será a filha do Dr. Matos, que foi juiz de direito há dez anos?
— Essa mesma.
— Deve estar uma moça?
— Tem seus vinte anos bem contados.
— Lembra-me que era bonitinha aos doze.
— Oh! mudou muito... para melhor! Ninguém a vê que não fique logo com a cabeça voltada. Tem rejeitado já uns poucos de casamentos. O último noivo recusado fui eu. A causa por que me recusou foi ela mesma que me veio dizer.
— E que causa era?
— "Olhe, Sr. Soares, disse-me ela. O senhor merece bem que uma moça o aceite por marido; eu era capaz disso, mas não o faço porque nunca seríamos felizes."
— Que mais?
— Mais nada. Respondeu-me apenas isto que lhe acabo de contar.
— Nunca mais se falaram?
— Pelo contrário, falamo-nos muitas vezes. Não mudou comigo; trata-me como dantes. A não serem aquelas palavras que ela me disse, e que ainda me doem cá dentro, eu podia ter esperanças. Vejo, porém, que seriam inúteis; ela não gosta de mim.

Daí a dias seguiam ambos para Santos...

(HISTÓRIAS DA MEIA-NOITE — A parasita azul, página 26)

— Quer que lhe diga uma cousa com franqueza?
— Diga.
— Parece-me um grande egoísta.
— Pode ser; mas sou assim. Tenho ciúmes de tudo, até do ar que ela respira. Eu, se a visse gostar de outro, e não pudesse impedir o casamento, mudava de terra. O que me vale é a convicção que tenho de que ela não há de gostar nunca de outro, e assim pensam todos os mais.

— Não admira que não saiba amar, reflexionou Camilo pondo os olhos no horizonte como se estivesse ali a imagem da formosa súdita do tzar. Nem todas receberam do céu esse dom, que é o verdadeiro distintivo dos espíritos seletos. Algumas há, porém, que sabem dar a vida e a alma a um ente querido, que lhe enchem o coração de profundos afetos, e deste modo fazem jus a uma perpétua adoração. São raras, bem sei, as mulheres desta casta; mas existem...

Camilo terminou esta homenagem à dama dos seus pensamentos abrindo as asas a um suspiro que, se não chegou ao seu destino, não foi por culpa do autor. O companheiro não compreendeu a intenção do discurso, e insistiu em dizer que a formosa goiana estava longe de gostar de ninguém, e ele ainda mais longe de lho consentir.

O assunto agradava aos dois comprovincianos; falaram dele longamente até o aproximar da tarde. Pouco depois cheram a um — pouso, — onde deviam pernoitar.

Tirada a carga aos animais, cuidaram os criados primeiramente do café, e depois do jantar. Nessas ocasiões ainda mais pungiam ao nosso herói as saudades de Paris. Que diferença entre os seus jantares dos *restaurants* dos *boulevards* e aquela refeição ligeira e tosca, num miserável — pouso de estrada, — sem os acepipes da cozinha francesa, sem a leitura do *Figaro* ou da *Gazette des Tribunaux!*

Camilo suspirava consigo mesmo; tornava-se então ainda menos comunicativo. Não se perdia nada porque o seu companheiro falava por dois.

Acabada a refeição, acendeu Camilo um charuto e Soares um cigarro de palha. Era já noite. A fogueira do jantar alumiava um pequeno espaço em roda; mas nem era precisa, porque a lua começava a surgir de trás de um morro, pálida e luminosa, brincando nas folhas do arvoredo e nas águas tranqüilas do rio que serpeava ali ao pé.

Um dos tropeiros sacou a viola e começou a gargantear uma cantiga, que a qualquer outro encantaria pela rude singeleza dos versos e da toada, mas que ao filho do comendador apenas fez *lembrar* com tristeza as volatas da Ópera. Lembrou-lhe mais; lembrou-lhe uma noite em que a bela moscovita, molemente sentada num camarote dos Italianos, deixava de ouvir as ternuras do tenor, para contemplá-lo de longe cheirando um raminho de violetas.

Soares atirou-se à rede e adormeceu.

O tropeiro cessou de cantar, e dentro de pouco tempo tudo era silêncio no pouso.

Camilo ficou sozinho diante da noite, que estava realmente formosa e solene. Não faltava ao jovem goiano a inteligência do belo; e a quase novidade daquele espetáculo, que uma longa ausência lhe fizera esquecer, não deixava de o impressionar imensamente.

De quando em quando chegavam aos seus ouvidos urros longínquos, de alguma fera que vagueava na solidão. Outras vezes eram aves noturnas, que soltavam ao perto os seus pios tristonhos. Os grilos, e também as rãs e os sapos formavam o coro daquela ópera do sertão, que o nosso herói admirava decerto, mas à qual preferia indubitavelmente a ópera cômica.

Assim esteve longo tempo, cerca de duas horas, deixando vagar o seu espírito ao sabor das saudades, e levantando e desfazendo mil castelos no ar. De repente foi chamado a si pela voz do Soares, que parecia vítima de um pesadelo. Afiou o ouvido e escutou estas palavras soltas e abafadas que o seu companheiro murmurava:

— Isabel... querida Isabel... Que é isso?... Ah! meu Deus! Acudam!

As últimas sílabas eram já mais aflitas que as primeiras. Camilo correu ao companheiro e fortemente o sacudiu. Soares acordou espantado, sentou-se, olhou em roda de si e murmurou:

— Que é?
— Um pesadelo.
— Sim, foi um pesadelo. Ainda bem! Que horas são?
— Ainda é noite.

— Já está levantado?
— Agora é que me vou deitar. Durmamos que é tempo.
— Amanhã lhe contarei o sonho.

No dia seguinte efetivamente, logo depois das primeiras vinte braças de marcha, referiu Soares o terrível sonho da véspera.

— Estava eu ao pé de um rio, disse ele, com a espingarda na mão, espiando as capivaras. Olho casualmente para a ribanceira que ficava muito acima, do lado oposto, e vejo uma moça montada num cavalo preto, vestida de preto, e com os cabelos, que também eram pretos, caídos sobre os ombros...

— Era tudo uma escuridão, interrompeu Camilo.

— Espere; admirei-me de ver ali, e por aquele modo, uma moça que me parecia franzina e delicada. Quem pensava o senhor que era?

— A Isabel.

— A Isabel. Corri pela margem adiante, trepei acima de uma pedra fronteira ao lugar onde ela estava, e perguntei-lhe o que fazia ali. Ela esteve algum tempo calada. Depois, apontando para o fundo do grotão, disse:

"— O meu chapéu caiu lá embaixo.

"— Ah!

"— O senhor ama-me? disse ela passados alguns minutos.

"— Mais que a vida!

"— Fará o que eu lhe pedir?

"— Tudo.

"— Bem, vá buscar o meu chapéu."

Olhei para baixo. Era um imenso grotão em cujo fundo fervia e roncava uma água barrenta e grossa. O chapéu, em vez de ir com a corrente por ali abaixo até perder-se de todo, ficara espetado na ponta de uma rocha, e lá do fundo parecia convidar-me a descer. Mas era impossível. Olhei para todos os lados, a ver se achava algum recurso. Nenhum havia...

— Veja o que é imaginação escaldada! observou Camilo.

— Já eu procurava algumas palavras com que dissuadisse Isabel da sua terrível idéia, quando senti pousar-me uma mão no ombro. Voltei-me; era um homem; era o senhor.

— Eu?

— É verdade. O senhor oihou para mim com um ar de desprezo, sorriu para ela e depois olhou para o abismo. Repentinamente, sem que eu possa dizer como, estava o senhor embaixo e estendia a mão para tirar o chapelinho fatal.

— Ah!

— A água, porém, engrossando subitamente, ameaçava submergi-lo. Então Isabel, soltando um grito de angústia, esporeou o cavalo e atirou-se pela ribanceira abaixo. Gritei... chamei por socorro; tudo foi inútil. Já a água os enrolava em suas dobras... quando fui acordado pelo senhor.

Leandro Soares concluiu esta narração do seu pesadelo parecendo ainda assustado do que lhe acontecera... imaginariamente. Convém dizer que ele acreditava nos sonhos.

— Veja o que é uma digestão mal feita! exclamou Camilo quando o comprovinciano terminou a narração. Que porção de tolices! O chapéu, a ribanceira, o cavalo, e mais que tudo a minha presença nesse melodrama fantástico, tudo isso é obra de quem digeriu mal o jantar. Em Paris há teatros que representam pesadelos assim, — piores do que o seu porque são mais compridos. Mas o que eu vejo também é que essa moça não o deixa nem dormindo.

— Nem dormindo!

Soares disse estas duas palavras quase como um eco, sem consciência. Desde que concluíra a narração, e logo depois das primeiras palavras de Camilo, entrara a fazer consigo uma série de reflexões que não chegaram ao conhecimento do autor desta narrativa. O mais que lhes posso dizer é que não eram alegres, porque a fronte lhe descaiu, enrugou-se-lhe a testa, e ele, cravando os olhos nas orelhas do animal, recolheu-se a um inviolável silêncio.

A viagem, daquele dia em diante, foi menos suportável para Camilo do que até ali. Além de uma leve melancolia que se apoderara do companheiro, ia-se-lhe tornando enfadonho aquele andar léguas e léguas que pareciam não acabar mais. Afinal voltou Soares à sua habitual verbosidade, mas já então nada podia vencer o tédio mortal que se apoderara do mísero Camilo.

Quando porém avistou a cidade, perto da qual estava a fazenda, onde vivera as primeiras auroras da sua mocidade,

Camilo sentiu abalar-se-lhe fortemente o coração. Um sentimento sério o dominava. Por algum tempo, ao menos, Paris com os seus esplendores cedia o lugar à pequena e honesta pátria dos Seabras.

III

O ENCONTRO

Foi um verdadeiro dia de festa aquele em que o comendador cingiu ao peito o filho que oito anos antes [2] mandara a terras estranhas. Não pôde reter as lágrimas o bom velho, — não pôde, que elas vinham de um coração ainda viçoso de afetos e exuberante de ternura. Não menos intensa e sincera foi a alegria de Camilo. Beijou repetidamente as mãos e a fronte do pai, abraçou os parentes, os amigos de outro tempo, e durante alguns dias, — não muitos, — parecia completamente curado dos seus desejos de regressar à Europa.

Na cidade e seus arredores não se falava em outra cousa. O assunto, não principal, mas exclusivo das palestras e comentários era o filho do comendador. Ninguém se fartava de o elogiar. Admiravam-lhe as maneiras e a elegância. A mesma superioridade com que ele falava a todos, achava entusiastas sinceros. Durante muitos dias foi totalmente impossível que o rapaz pensasse em outra cousa que não fosse contar as suas viagens aos amáveis conterrâneos. Mas pagavam-lhe a maçada, porque a menor cousa que ele dissesse tinha aos olhos dos outros uma graça indefinível. O padre Maciel, que o batizara vinte e sete anos antes, e que o via já homem completo, era o primeiro pregoeiro da sua transformação.

— Pode gabar-se, Sr. comendador, dizia ele ao pai de Camilo, pode gabar-se de que o céu lhe deu um rapaz de truz! Santa Luzia vai ter um médico de primeira ordem, se me não engana o afeto que tenho a esse que era ainda ontem um pirralho. E não só médico, mas até bom filósofo; é verdade, parece-me bom filósofo. Sondei-o ontem nesse particular, e não lhe achei ponto fraco ou duvidoso.

O tio Jorge andava a perguntar a todos o que pensavam do sobrinho Camilo. O tenente-coronel Veiga agradecia à Providência a chegada do Dr. Camilo nas proximidades do Espírito Santo.

— Sem ele, o meu baile seria incompleto.

O Dr. Matos não foi o último que visitou o filho do comendador. Era um velho alto e bem feito, ainda que um tanto quebrado pelos anos.

— Venha, doutor, disse o velho Seabra apenas o viu assomar à porta; venha ver o meu homem.

— Homem, com efeito, respondeu Matos contemplando o rapaz. Está mais homem do que eu supunha. Também já lá vão oito anos! Venha de lá esse abraço!

O moço abriu os braços ao velho. Depois, como era costume fazer a quantos o iam ver, contou-lhe alguma cousa das suas viagens e estudos. É perfeitamente inútil dizer que o nosso herói omitiu sempre tudo quanto pudesse abalar o bom conceito em que estava no ânimo de todos. A dar-lhe crédito, vivera quase como um anacoreta; e ninguém ousava pensar o contrário.

Tudo eram pois alegrias na boa cidade e seus arredores; e o jovem médico, lisonjeado com a inesperada recepção que teve, continuou a não pensar muito em Paris. Mas o tempo corre, e as nossas sensações com ele se modificam. No fim de quinze dias tinha Camilo esgotado a novidade das suas impressões; a fazenda começou a mudar de aspecto; os campos ficaram monótonos, as árvores monótonas, os rios monótonos, a cidade monótona, ele próprio monótono. Invadiu-o então uma cousa a que podemos chamar — nostalgia do exílio.

— Não, dizia ele consigo, não posso ficar aqui mais três meses. Paris ou o cemitério, tal é o dilema que se me oferece. Daqui a três meses, estarei morto ou em caminho da Europa.

O aborrecimento de Camilo não escapou aos olhos do pai, que quase vivia a olhar para ele.

— Tem razão, pensava o comendador. Quem viveu por essas terras que dizem ser tão bonitas e animadas, não pode estar aqui muito alegre. É preciso dar-lhe alguma ocupação... a política, por exemplo.

— Política! exclamou Camilo, quando o pai lhe falou nesse assunto. De que me serve a política, meu pai?
— De muito. Serás primeiro deputado provincial; podes ir depois para a câmara no Rio de Janeiro. Um dia interpelas o ministério, e se ele cair, podes subir ao governo. Nunca tiveste ambição de ser ministro?
— Nunca.
— É pena!
— Por quê?
— Porque é bom ser ministro.
— Governar os homens, não é? disse Camilo rindo; é um sexo ingovernável; prefiro o outro.

Seabra riu-se do repente, mas não perdeu a esperança de convencer o herdeiro.

Havia já vinte dias que o médico estava em casa do pai, quando se lembrou da história que lhe contara Soares e do sonho que este tivera no pouso. A primeira vez que foi à cidade e esteve com o filho do negociante, perguntou-lhe:

— Diga-me, como vai a sua Isabel, que ainda a não vi?

Soares olhou para ele com o sobrolho carregado e levantou os ombros resmungando um seco:

— Não sei.

Camilo não insistiu.

— A moléstia ainda está no período agudo, disse ele consigo.

Teve porém curiosidade de ver a formosa Isabelinha, que tão por terra deitara aquele verboso cabo eleitoral. A todas as moças da localidade, em dez léguas em redor, havia já falado o jovem médico. Isabel era a única esquiva até então. Esquiva não digo bem. Camilo fora uma vez à fazenda do Dr. Matos; mas a filha estava doente. Pelo menos foi isso o que lhe disseram.

— Descanse, dizia-lhe um vizinho a quem ele mostrara impaciência de conhecer a amada de Leandro Soares; há de vê-la no baile do coronel Veiga, ou na festa do Espírito Santo, ou em outra qualquer ocasião.

A beleza da moça, que ele não julgava pudesse ser superior nem sequer igual à da viúva do príncipe Alexis, a paixão incurável de Soares, e o tal ou qual mistério com que se falava de Isabel, tudo isso excitou ao último ponto a curiosidade do filho do comendador.

No domingo próximo, oito dias antes do Espírito Santo, saiu Camilo da fazenda para ir à missa na igreja da cidade, como já fizera nos domingos anteriores. O cavalo ia a passo lento, a compasso com o pensamento do cavaleiro, que se espreguiçava pelo campo fora em busca de sensações que já não tinha e que ansiava ter de novo.

Mil singulares idéias atravessavam o cérebro de Camilo. Ora almejava alar-se com cavalo e tudo, rasgar os ares e ir cair defronte do Palais-Royal, ou em outro qualquer ponto da capital do mundo. Logo depois fazia a si mesmo a descrição de um cataclismo tal, que ele viesse a achar-se almoçando no café Tortoni, dois minutos depois de chegar ao altar o padre Maciel.

De repente, ao quebrar uma volta da estrada, descobriu ao longe duas senhoras a cavalo acompanhadas por um pajem. Picou de esporas e dentro de pouco tempo estava junto dos três cavaleiros. Uma das senhoras voltou a cabeça, sorriu e parou. Camilo aproximou-se, com a cabeça descoberta, e estendeu-lhe a mão, que ela apertou.

A senhora a quem cumprimentara era a esposa do tenente-coronel Veiga. Representava ter quarenta e cinco anos, mas estava assaz conservada. A outra senhora, sentindo o movimento da companheira, fez parar também o cavalo, e voltou igualmente a cabeça. Camilo não olhava então para ela. Estava ocupado em ouvir D. Gertrudes, que lhe dava notícias do tenente-coronel.

— Agora só pensa na festa, dizia ela; já deve estar na igreja. Vai à missa, não?

— Vou.

— Vamos juntos.

Trocadas estas palavras, que foram rápidas, Camilo procurou com os olhos a outra cavaleira. Ela porém ia já alguns passos adiante. O médico colocou-se ao lado de D. Gertrudes, e a comitiva continuou a andar. Iam assim conversando havia já uns dez minutos, quando o cavalo da senhora que ia adiante estacou.

— Que é, Isabel? perguntou D. Gertrudes.
— Isabel! exclamou Camilo, sem dar atenção ao incidente que provocara a pergunta da esposa do coronel.

A moça voltou a cabeça e levantou os ombros respondendo secamente:

— Não sei.

A causa era um rumor que o cavalo sentira por trás de uma espessa moita de taquaras que ficava à esquerda do caminho. Antes porém que o pajem ou Camilo fosse examinar a causa da relutância do animal, a moça fez um esforço supremo, e chicoteando vigorosamente o cavalo, conseguiu que este vencesse o terror, e deitasse a correr a galope adiante dos panheiros.

— Isabel! disse Camilo a D. Gertrudes. Aquela moça será filha do Dr. Matos?

— É verdade. Não a conhecia?

— Há oito anos que a não vejo. Está uma flor! Já me não admira que se fale aqui tanto na sua beleza. Disseram-me que estava doente...

— Esteve; mas as suas doenças são cousas de pequena monta. São nervos; assim se diz, creio eu, quando se não sabe do que uma pessoa padece...

Isabel parara ao longe, e voltada para a esquerda da estrada, parecia admirar o espetáculo da natureza. Daí a alguns minutos estavam perto dela os seus companheiros. A moça ia prosseguir a marcha, quando D. Gertrudes lhe disse:

— Isabel!

A moça voltou o rosto. D. Gertrudes aproximou-se dela.

— Não te lembras do Dr. Camilo Seabra?

— Talvez não se lembre, disse Camilo. Tinha doze anos quando eu saí daqui, e já lá vão oito!

— Lembro-me, respondeu Isabel curvando levemente a cabeça, mas sem olhar para o médico.

E chicoteando de mansinho o cavalo, seguiu para diante. Por mais singular que fosse aquela maneira de reatar um conhecimento antigo, o que mais impressionou então o filho do comendador foi a beleza de Isabel, que lhe pareceu estar na altura da reputação.

— Vamos juntos.
(HISTÓRIAS DA MEIA-NOITE — A parasita azul, página 33)

Tanto quanto se podia julgar à primeira vista, a esbelta cavaleira devia ser mais alta que baixa. Era morena, — mas de um moreno acetinado e macio, com uns delicadíssimos longes cor-de-rosa, — o que seria efeito da agitação, visto que afirmavam ser extremamente pálida. Os olhos, — não lhes pôde Camilo ver a cor, mas sentiu-lhes a luz que valia mais talvez, apesar de o não terem fitado, e compreendeu logo que com olhos tais a formosa goiana houvesse fascinado o mísero Soares.

Não averiguou, — nem pôde, — as restantes feições da moça; mas o que pôde contemplar à vontade, o que já vinha admirando de longe, era a elegância nativa do busto e o gracioso desgarro com que ela montava. Vira muitas amazonas elegantes e destras. Aquela porém tinha alguma cousa em que se avantajava às outras; era talvez o desalinho do gesto, talvez a espontaneidade dos movimentos, outra cousa talvez, ou todas essas juntas que davam à interessante goiana incontestável supremacia.

Isabel parava de quando em quando o cavalo e dirigia a palavra à esposa do coronel, a respeito de qualquer acidente, — de um efeito de luz, de um pássaro que passava, de um som que se ouvia, — mas em nenhuma ocasião encarava ou sequer olhava de esguelha o filho do comendador. Absorvido na contemplação da moça, Camilo deixou cair a conversa, e havia já alguns minutos que ele e D. Gertrudes iam cavalgando, sem dizer palavra, ao lado um do outro. Foram interrompidos em sua marcha silenciosa por um cavaleiro, que vinha atrás da comitiva a trote largo.

Era Soares.

O filho do negociante vinha bem diferente do que até ali andava. Cumprimentou-os sorrindo e jovial como estivera nos primeiros dias de viagem do médico. Não era porém difícil conhecer que a alegria de Soares era um artifício. O pobre namorado fechava o rosto de quando em quando, ou fazia um gesto de desespero que felizmente escapava aos outros. Ele receiava o triunfo de um homem que, física e intelectualmente, lhe era superior; que, além disso, gozava naquela ocasião a grande vantagem de dominar a atenção pública, que era o urso da aldeia, o acontecimento do dia, o homem da situação. Tudo conspirava para derrubar a última esperança de Soares, que era a esperança de ver morrer a moça isenta de todo o vínculo conjugal. O infeliz namorado tinha o sestro, aliás comum, de querer ver quebrada ou inútil, a taça que ele não podia levar aos lábios.

Cresceu porém seu receio quando, estando escondido no taquaral de que falei acima, para ver passar Isabel, como costumava fazer muitas vezes, descobriu a pessoa de Camilo na comitiva. Não pôde reter uma exclamação de surpresa, e chegou a dar um passo na direção da estrada. Deteve-se a tempo. Os cavaleiros, como vimos, passaram adiante, deixando o cioso pretendente a jurar aos céus e à terra que tomaria desforra do seu atrevido rival, se o fosse.

Não era rival, bem sabemos; o coração de Camilo guardava ainda fresca a memória da Artemisa moscovita, cujas lágrimas, apesar da distância, o rapaz sentia que eram ardentes e aflitivas. Mas quem poderia convencer a Leandro Soares que o elegante *moço da Europa,* como lhe chamavam, não ficaria enamorado da esquiva goiana?

Isabel, entretanto, apenas vira o infeliz pretendente, deteve o cavalo e estendeu-lhe afetuosamente a mão. Um adorável sorriso acompanhou este movimento. Não era bastante para dissipar as dúvidas do pobre moço. Diversa foi porém a impressão de Camilo.

— Ama-o, ou é uma grande velhaca, pensou ele.

Casualmente, — e pela primeira vez, — olhava Isabel para o filho do comendador. Perspicácia ou adivinhação, leu-lhe no rosto esse pensamento oculto; franziu levemente a testa com uma expressão tão viva de estranheza, que o médico ficou perplexo e não pôde deixar de acrescentar, já então com os lábios, à meia voz falando para si.

— Ou fala com o diabo.

— Talvez, murmurou a moça com os olhos fitos no chão.

Isto foi dito assim, sem que os outros dois percebessem. Camilo não podia desviar os olhos da formosa Isabel, meio espantado, meio curioso, depois da palavra murmurada por ela em tão singulares condições. Soares olhava para Camilo com a mesma ternura com que um gavião espreita uma pomba. Isabel brincava com o chicotinho. D. Gertrudes, que temia perder a missa do padre Maciel e receber um reparo amigável do marido, deu voz de marcha, e a comitiva seguiu imediatamente.

IV

A FESTA

No sábado seguinte a cidade revestira desusado aspecto. De toda a parte correra uma chusma de povo que ia assistir à festa anual do Espírito Santo.

Vão rareando os lugares em que de todo se não apagou o gosto dessas festas clássicas, resto de outras eras, que os escritores do século futuro hão de estudar com curiosidade, para pintar aos seus contemporâneos um Brasil que eles já não hão de conhecer. No tempo em que esta história se passa uma das mais genuínas festas do Espírito Santo era a da cidade de Santa Luzia.

O tenente-coronel Veiga, que era então o imperador do divino, estava em uma casa que possuía na cidade. Na noite de sábado foi ali ter o bando dos pastores, composto de homens e mulheres, com o seu pitoresco vestuário, e acompanhado pelo clássico *velho,* que era um sujeito de calção e meia, sapato raso, casaca esguia, colete comprido e grande bengala na mão.

Camilo estava em casa do coronel, quando ali apareceu o bando dos pastores, com alguns músicos à frente, e muita gente atrás. Formaram logo, ali mesmo na rua, um círculo; um pastor e uma pastora, iniciaram a dança clássica. Dançaram, cantaram e tocaram todos, à porta e na sala do coronel, que estava literalmente a lamber-se de gosto. É ponto duvidoso, e provavelmente nunca será liquidado, se o tenente-coronel Veiga preferia naquela ocasião ser ministro de Estado a ser imperador do Espírito Santo.

E todavia aquilo era apenas uma amostra da grandeza do tenente-coronel. O sol do domingo devia alumiar maiores cousas. Parece que esta razão determinou o rei da luz a traz, nesse dia os seus melhores raios. O céu nunca se mostrara mais limpidamente azul. Algumas nuvens grossas, durante a noite, chegaram a emurchecer as esperanças dos festeiros; felizmente sobre a madrugada soprara um vento rijo que varreu o céu e purificou a atmosfera.

A população correspondeu à solicitude da natureza. Logo cedo apareceu ela com os seus vestidos domingueiros, — jovial, risonha, palreira, — nada menos que feliz.

O ar atroava com foguetes; os sinos convidavam alegremente o povo à cerimônia religiosa.

Camilo passara a noite na cidade em casa do padre Maciel, e foi acordado, mais cedo do que supusera, com os repiques e foguetada e mais demonstrações da cidade alegre. Em casa do pai continuara o moço os seus hábitos de Paris, em que o comendador julgou não dever perturbá-lo. Acordava portanto às 11 horas da manhã, exceto os domingos, em que ia à missa, para de todo em todo não ofender os hábitos da terra.

— Que diabo é isto, padre? gritou Camilo do quarto onde estava, e no momento em que uma girândola lhe abria definitivamente os olhos.

— Que há de ser? respondeu o padre Maciel, metendo a cabeça pela porta: é a festa.

— Então a festa começa de noite?

— De noite? exclamou o padre. É dia claro.

Camilo não pôde conciliar o sono, e viu-se obrigado a levantar-se. Almoçou com o padre, contou duas anedotas, confessou ao hóspede que Paris era o ideal das cidades, e saiu para ir ter à casa do imperador do divino. O padre saiu com ele. Em caminho viram de longe Leandro Soares.

— Não me dirá, padre, pergunto Camilo, por que razão a filha do Dr. Matos não atende àquele pobre rapaz que gosta tanto dela?

Maciel concertou os óculos e expôs a seguinte reflexão:

— Você parece tolo.

— Não tanto, como lhe pareço, replicou o filho do comendador, porque mais de uma pessoa tem feito a mesma pergunta.

— Assim é, na verdade, disse o padre; mas há cousas que outros dizem e a gente não repete. A Isabelinha não gosta do Soares simplesmente porque não gosta.

— Não lhe parece que essa moça é um tanto esquisita?

— Não, disse o padre, parece-me uma grande finória.

— Ah! por quê?

— Suspeito que tem muita ambição; não aceita o amor do Soares, a ver se pilha algum casamento que lhe abra a porta das grandezas políticas.

— Ora, disse Camilo levantando os ombros.

— Não acredita?

— Não.

— Pode ser que me engane; mas creio que é isto mesmo. Aqui cada qual dá uma explicação à isenção de Isabel; todas as explicações porém me parecem absurdas; a minha é a melhor.

Camilo fez algumas objeções à explicação do padre, e despediu-se dele para ir a casa do tenente-coronel.

O festivo imperador estava literalmente fora de si. Era a primeira vez que exercia aquele cargo honorífico e timbrava em fazê-lo brilhantemente, e até melhor que os seus predecessores. Ao natural desejo de não ficar por baixo, acrescia o elemento da inveja política. Alguns adversários seus diziam pela boca pequena que o brioso coronel não era capaz de dar conta da mão.

— Pois verão se sou capaz, foi o que ele disse ao ouvir de alguns amigos a malícia dos adversários.

Quando Camilo entrou na sala, acabava o tenente-coronel de explicar umas ordens relativas ao jantar que se devia seguir à festa, e ouvia algumas informações que lhe dava um irmão definidor acerca de uma cerimônia da sacristia.

— Não ouso falar-lhe, coronel, disse o filho do comendador, quando o Veiga ficou só com ele; não ouso interrompê-lo.

— Não interrompe, acudiu o imperador do divino; agora deve tudo estar acabado. O comendador vem?

— Já cá deve estar.

— Já viu a igreja?

— Ainda não.

— Está muito bonita. Não é por me gabar; creio que a festa não desmerecerá das outras, e até em algumas cousas há de ir melhor.

Era absolutamente impossível não concordar com esta opinião, quando aquele que a exprimia fazia assim o seu próprio louvor. Camilo encareceu ainda mais o mérito da festa. O coronel ouvia-o com um riso de satisfação íntima, e dispunha-se a provar que o seu jovem amigo ainda não apreciava bem a situação, quando este, desviou a conversa, perguntando:

— Ainda não veio o Dr. Matos?
— Já.
— Com a família?
— Sim, com a família.

Neste momento foram interrompidos pelo som de muitos foguetes e de uma música que se aproximava.

— São eles! disse Veiga; vêm buscar-me. Há de dar-me licença.

O coronel estava até então de calça preta e rodaque de brim. Correu a preparar-se com o traje e as insígnias do seu elevado cargo. Camilo chegou à janela para ver o cortejo. Não tardou que este aparecesse composto de uma banda de música, da irmandade do Espírito Santo e dos pastores da véspera. Os irmãos vestiam as suas opas encarnadas, e vinham a passo grave, cercados do povo, que enchia a rua e se aglomerava à porta do tenente-coronel para vê-lo sair.

Quando o cortejo parou em frente da casa do tenente-coronel cessou a música de tocar e todos os olhos se voltaram curiosamente para as janelas. Mas o imperador estreante estava ainda por completar a sua edição, e os curiosos tiveram de contentar-se com a pessoa do Dr. Camilo. Entretanto quatro ou seis irmãos mais graduados destacaram-se do grupo e subiram as escadas do tenente-coronel.

Minutos depois cumprimentava Camilo os ditos irmãos graduados, um dos quais, mais graduado que os outros, não o era só no cargo, mas também, e sobretudo, no tamanho. E a estatura do major Brás seria a cousa mais notável da sua pessoa, se lhe não pedisse meças a magreza do próprio major. A opa do major, apesar disto, ficava-lhe bem, porque nem ia até abaixo da curva da perna como a dos outros, nem lhe ficava na cintura, como devera, no caso de ter sido feita pela mesma medida. Era uma opa termo-médio. Ficava-lhe entre a cintura e a curva, e foi feita assim de propósito para conciliar os princípios da elegância com a estatura do major.

Todos os irmãos graduados estenderam a mão ao filho do comendador e perguntaram ansiosamente pelo tenente-coronel.

— Não tarda; foi vestir-se, respondeu Camilo.

— A igreja está cheia, disse um dos irmãos graduados; só se espera por ele.

— É justo esperar, opinou o major Brás.

— Apoiado, disse o coro dos irmãos.

— Demais, continuou o imenso oficial, temos tempo; e não vamos para longe.

Os outros irmãos apoiaram com o gesto esta opinião do major, que, ato contínuo, começou a dizer a Camilo os mil trabalhos que a festa lhes dera, a ele e aos cavalheiros que o acompanhavam naquela ocasião, não menos que ao tenente-coronel.

— Como recompensa dos nossos débeis esforços (Camilo fez um sinal negativo a estas palavras do major Brás), temos consciência de que a cousa não sairá de todo mal.

Ainda estas palavras não tinham bem saído dos lábios do digno oficial, quando assomou à porta da sala o tenente-coronel em todo o esplendor da sua transformação.

Camilo perdera de todo as noções que tinha a respeito do traje e insígnias de um imperador do Espírito-Santo. Não foi pois sem grande pasmo que viu assomar à porta da sala a figura do tenente-coronel.

Além da calça preta, que já tinha no corpo quando ali chegou Camilo, o tenente-coronel envergara uma casaca, que pela regularidade e elegância do corte podia rivalizar com as dos mais apurados membros do Cassino Fluminense. Até aí tudo ia bem. Ao peito rutilava uma vasta comenda da ordem da Rosa, que lhe não ficava mal. Mas o que excedeu a toda a expectação, o que pintou no rosto do nosso Camilo a mais completa expressão de assombro, foi uma brilhante e vistosa coroa de papelão forrado de papel dourado, que o tenente-coronel trazia na cabeça.

Camilo recuou um passo e cravou os olhos na insígnia imperial do tenente-coronel. Já lhe não lembrava aquele acessório indispensável em ocasiões semelhantes, e tendo vivido oito anos no meio de uma civilização diversa, não imaginava que ainda existissem costumes que ele julgava enterrados.
O tenente-coronel apertou a mão a todos os amigos e declarou que estava pronto a acompanhá-los.
— Não façamos esperar o povo, disse ele.
Imediatamente, desceram à rua. Houve no povo um movimento de curiosidade, quando viu aparecer à porta a opa encarnada de um dos irmãos que haviam subido. Logo atrás apareceu outra opa, e não tardou que as restantes opas aparecessem também flanqueando o vistoso imperador. A coroa dourada, apenas o sol lhe bateu de chapa, entrou a despedir faíscas quase inverossímeis. O tenente-coronel olhou a um lado e outro, fez algumas inclinações leves de cabeça a uma ou outra pessoa da multidão, e foi ocupar o seu lugar de honra no cortejo. A música rompeu logo uma marcha, que foi executada pelo tenente-coronel, a irmandade e os pastores, na direção da igreja.
Apenas da igreja avistaram o cortejo, o sineiro, que já estava à espreita, pôs em obra as lições mais complicadas do seu ofício, enquanto uma girândola, entremeada de alguns foguetes soltos, anunciava às nuvens do céu que o imperador do divino era chegado. Na igreja houve um rebuliço geral apenas se anunciou que era chegado o imperador. Um mestre de cerimônias ativo e desempenado ia abrindo alas, com grande dificuldade, porque o povo, ansioso por ver a figura do tenente-coronel, aglomerava-se desordenadamente e desfazia a obra do mestre de cerimônias. Afinal aconteceu o que sempre acontece nessas ocasiões; as alas foram-se abrindo por si mesmas, e ainda que com algum custo, o tenente-coronel atravessou a multidão, precedido e acompanhado pela irmandade, até chegar ao trono que se levantava ao lado do altar-mor. Subiu com firmeza os degraus do trono, e sentou-se nele, tão orgulhoso como se governasse dali todos os impérios juntos do mundo.
Quando Camilo chegou à igreja, já a festa havia começado. Achou um lugar sofrível, ou antes inteiramente bom, por-

que dali podia dominar um grande grupo de senhoras, entre as quais descobriu a formosa Isabel.

Camilo estava ansioso por falar outra vez a Isabel. O encontro na estrada e a singular perspicácia de que a moça dera prova nessa ocasião, não lhe haviam saído da cabeça. A moça pareceu não dar por ele: mas Camilo era tão versado em tratar com o belo sexo, que não lhe foi difícil perceber que ela o tinha visto e intencionalmente não voltava os olhos para o lado dele. Esta circunstância, ligada aos incidentes do domingo anterior, fez-lhe nascer no espírito a seguinte pergunta:

— Mas que tem ela contra mim?

A festa prosseguiu sem novidade. Camilo não tirava os olhos de sua bela charada, nome que já lhe dava, mas a charada parecia refratária a todo o sentimento de curiosidade. Uma vez, porém, quase no fim, encontraram-se os olhos de ambos. Pede a verdade que se diga que o rapaz surpreendeu a moça a olhar para ele. Cumprimentou-a; foi correspondido; nada mais. Acabada a festa foi a irmandade levar o tenente-coronel até a casa. No meio da lufa-lufa da saída, Camilo, que estava embebido a olhar para Isabel, ouviu uma voz desconhecida que lhe dizia ao ouvido:

— Veja o que faz!

Camilo voltou-se e deu com um homem baixinho e magro, de olhos miúdos e vivos, pobre mas asseiadamente trajado. Encararam-se alguns segundos sem dizer palavra. Camilo não conhecia aquela cara e não se atrevia a pedir a explicação das palavras que ouvira, conquanto ardesse por saber o resto.

— Há um mistério, continuou o desconhecido. Quer descobri-lo?

Houve algum tempo de silêncio.

— O lugar não é próprio, disse Camilo; mas se tem alguma cousa que me dizer...

— Não; descubra o senhor mesmo.

E dizendo isto desapareceu no meio do povo o homem baixinho e magro, de olhos vivos e miúdos. Camilo acotovelou umas dez ou doze pessoas, pisou uns quinze ou vinte calos, pediu outras tantas vezes perdão da sua imprudência, até que se achou na rua sem ver nada que se parecesse com o desconhecido.

— Um romance! disse ele; estou em pleno romance.

Nisto saíam da igreja Isabel, D. Gertrudes e o Dr. Matos. Camilo aproximou-se do grupo e cumprimentou-os. Matos deu o braço a Dr. Gertrudes; Camilo ofereceu timidamente o seu a Isabel. A moça hesitou; mas não era possível recusar. Passou o braço no do jovem médico e o grupo dirigiu-se para a casa onde o tenente-coronel já estava e mais algumas pessoas importantes da localidade. No meio do povo havia um homem que também se dirigia para a casa do coronel e que não tirava os olhos de Camilo e de Isabel.

Esse homem mordia o lábio até fazer sangue.

Será preciso dizer que era Leandro Soares?

V

PAIXÃO

A distância da igreja à casa era pequena; e a conversa entre Isabel e Camilo não foi longa nem seguida. E todavia, leitor, se alguma simpatia te merece a princesa moscovita, deves sinceramente lastimá-la. A aurora de um novo sentimento começava a dourar as cumiadas do coração de Camilo; ao subir as escadas, confessava o filho do comendador, de si para si, que a interessante patrícia tinha qualidades superiores às da bela princesa russa. Hora e meia depois, isto é, quase no fim do jantar, o coração de Camilo confirmava plenamente esta descoberta do seu investigador espírito.

A conversa, entretanto, não passou de cousas totalmente indiferentes; mas Isabel falava com tanta doçura e graça, posto não alterasse nunca a sua habitual reserva; os olhos eram tão bonitos de ver ao perto, e os cabelos também, e a boca igualmente, e as mãos do mesmo modo, que o nosso ardente mancebo, só mudando de natureza, poderia resistir ao influxo de tantas graças juntas.

O jantar correu sem novidade apreciável. Reuniram-se à mesa do tenente-coronel todas as notabilidades do lugar, o vigário, o juiz municipal, o negociante, o fazendeiro, reinando sempre de uma ponta a outra da mesa a maior cordialidade e harmonia. O imperador do divino, já então restituído ao seu vestuário comum, fazia as honras da mesa com verdadeiro entusiasmo. A festa era o objeto da geral conversa, entremeada, é verdade, de reflexões políticas, em que todos estavam de acordo, porque eram do mesmo partido, homens e senhoras.

O major Brás tinha por costume fazer um ou dois brindes longos e eloqüentes em cada jantar de certa ordem a que assistisse. A facilidade com que ele se exprimia, não tinha rival em toda a província. Além disso, como era dotado de descomunal estatura, dominava de tal modo o auditório, que o simples levantar-se era já meio triunfo.

Não podia o major Brás deixar passar incólume o jantar do tenente-coronel; ia-se entrar na sobremesa quando o eloqüente major pediu licença para dizer algumas palavras singelas e toscas. Um murmúrio, equivalente aos *não apoiados* das câmaras, acolheu esta declaração do orador, e o auditório preparou o ouvido para receber as pérolas que lhe iam cair da boca.

— O ilustre auditório que me escuta, disse ele, desculpará a minha ousadia; não vos fala o talento, senhores; fala-vos o coração.

"Meu brinde é curto; para celebrar as virtudes e a capacidade do ilustre tenente-coronel Veiga não é preciso fazer um longo discurso. Seu nome diz tudo; a minha voz nada adiantaria..."

O auditório revelou por sinais que aplaudia sem restrições o primeiro membro desta última frase, e com restrições o segundo; isto é, cumprimentou o tenente-coronel e o major; e o orador que, para ser coerente com o que acabava de dizer, devia limitar-se a esvaziar o copo, prosseguiu da seguinte maneira:

— O imenso acontecimento que acabamos de presenciar, senhores, creio que nunca se apagará da vossa memória. Muitas festas do Espírito-Santo tem havido nesta cidade e em outras; mas nunca o povo teve o júbilo de contemplar um esplendor, uma animação, um triunfo igual ao que nos proporcionou o nosso ilustre correligionário e amigo, o tenente-coronel Veiga, honra da classe a que pertence, e glória do partido a que se filiou...

— E no qual pretendo morrer, completou o tenente-coronel.

— Nem outra cousa era de esperar de V. Exª, disse o orador mudando de voz para dar a estas palavras um tom de parêntesis.

Apesar da declaração feita no princípio, de que era inútil acrescentar nada aos méritos do tenente-coronel, o intrépido orador falou cerca de vinte e cinco minutos com grande mágoa do padre Maciel, que namorava de longe um fofo e trêmulo pudim de pão, e do juiz municipal, que estava ansioso por ir fumar. A peroração desse memorável discurso foi pouco mais ou menos assim:

— Eu faltaria, portanto, aos meus deveres de amigo, de correligionário, de subordinado e de admirador, se não levantasse a voz nesta ocasião, e não vos dissesse em linguagem tosca, sim (*sinais de desaprovação*), mas sincera, os sentimentos que me tumultuam dentro do peito, o entusiasmo de que me sinto possuído, quando contemplo o venerando e ilustre tenente-coronel Veiga, e se vos não convidasse a beber comigo à saúde de S. Exª.

O auditório acompanhou com entusiasmo o brinde do major, ao qual respondeu o tenente-coronel com estas poucas, mas sentidas palavras:

— Os elogios que me acaba de fazer o distinto major Brás, são verdadeiros favores de uma alma grande e generosa; não os mereço, senhores; devolvo-os intactos ao ilustre orador que me precedeu.

No meio da festa e da alegria que reinava ninguém reparou nas atenções que Camilo prestava à bela filha do Dr. Matos. Ninguém, digo mal; Leandro Soares, que fora convidado ao jantar, e assistira a ele, não tirava os olhos do elegante rival e da sua formosa e esquiva dama.

Há de parecer milagre ao leitor a indiferença e até o ar alegre com que Soares via aos ataques do adversário. Não é milagre; Soares também interrogava o olhar de Isabel e lia

47

nele a indiferença, talvez o desdém, com que tratava o filho do comendador.

— Nem eu, nem ele, dizia consigo o pretendente.

Camilo estava apaixonado; no dia seguinte amanheceu pior; cada dia que passava aumentava a chama que o consumia. Paris e a princesa, tudo havia desaparecido do coração e da memória do rapaz. Um só ente, um lugar único mereciam agora as suas atenções: Isabel e Goiás.

A esquivança e os desdéns da moça não contribuíram pouco para esta transformação. Fazendo de si próprio melhor idéia que do rival, Camilo dizia consigo:

— Se ela não me dá atenção, muito menos deve importar-se com o filho do Soares. Mas por que razão se mostra comigo tão esquiva? Que motivo há para que eu seja derrotado como qualquer pretendente vulgar?

Nessas ocasiões lembrava-se do desconhecido que lhe falara na igreja e das palavras que lhe dissera.

— Algum mistério haverá, dizia ele; mas como descobri-lo?

Indagou das pessoas da cidade quem era o sujeito baixo, de olhos miúdos e vivos. Ninguém lho soube dizer. Parecia incrível que não chegasse a descobrir naquelas paragens um homem que naturalmente alguém devia conhecer; redobrou de esforços; ninguém sabia quem era o misterioso sujeito.

Entretanto Camilo freqüentava a fazenda do Dr. Matos e ali ia jantar algumas vezes. Era difícil falar a Isabel com a liberdade que permitem mais adiantados costumes; fazia entretanto o que podia para comunicar à bela moça os seus sentimentos. Isabel parecia cada vez mais estranha às comunicações do rapaz. Suas maneiras não eram positivamente desdenhosas, mas frias; dissera-se que ali dentro morava um coração de neve.

Ao amor desprezado, veio juntar-se o orgulho ofendido, o despeito e a vergonha, e tudo isto, junto a uma epidemia que então reinava na comarca, deu com o nosso Camilo na cama, onde por agora o deixaremos, entregue aos médicos seus colegas.

VI

REVELAÇÃO

Não há mistérios para um autor que sabe investigar todos os recantos do coração. Enquanto o povo de Santa Luzia faz mil conjeturas a respeito da causa verdadeira da isenção que até agora tem mostrado a formosa Isabel, estou habilitado para dizer ao leitor impaciente que ela ama.

— E a quem ama? pergunta vivamente o leitor.

Ama... uma parasita. Uma parasita? É verdade, uma parasita. Deve ser então uma flor muito linda, — um milagre de frescura e de aroma. Não, senhor, é uma parasita muito feia, um cadáver de flor, seco, mirrado, uma flor que devia ter sido lindíssima há muito tempo, no pé, mas que hoje na cestinha em que ela a traz, nenhum sentimento inspira, a não ser de curiosidade. Sim, porque é realmente curioso que uma moça de vinte anos, em toda a força das paixões, pareça indiferente aos homens que a cercam, e concentre todos os seus afetos nos restos descorados e secos de uma flor.

Ah! mas aquela flor foi colhida em circunstâncias especiais. Dera-se o caso alguns anos antes. Um moço da localidade gostava então muito de Isabel, porque era uma criança engraçada, e costumava chamá-la sua mulher, gracejo inocente que o tempo não sancionou. Isabel também gostava do rapaz, a ponto de fazer nascer no espírito do pai da moça a seguinte idéia:

— Se daqui a alguns anos as cousas não mudarem por parte dela, e se ele vier a gostar seriamente da pequena, creio que os posso casar.

Isabel ignorava completamente esta idéia do pai; mas continuava a gostar do moço, o qual continuava a achá-la uma criança interessantíssima.

Um dia viu Isabel uma linda parasita azul, entre os galhos de uma árvore.

— Que bonita flor! disse ela.

— Aposto que você a quer?

— Queria, sim... disse a menina que, sem aprender, conhecia já esse falar oblíquo e disfarçado.

O moço despiu o paletó com a sem-cerimônia de quem trata com uma criança e trepou pela árvore acima. Isabel ficou embaixo ofegante e ansiosa pelo resultado. Não tardou que o complacente moço deitasse a mão à flor e delicadamente a colhesse.

— Apanhe! disse ele de cima.

Isabel aproximou-se da árvore e recolheu a flor no regaço. Contente por ter satisfeito o desejo da menina, tratou o rapaz de descer, mas tão desastradamente o fez, que no fim de dois minutos jazia no chão aos pés de Isabel. A menina deu um grito de angústia e pediu socorro; o rapaz procurou tranqüilizá-la dizendo que nada era, e tentando levantar-se alegremente. Levantou-se com efeito, com a camisa salpicada de sangue; tinha ferido a cabeça.

A ferida foi declarada leve; dentro de poucos dias estava o valente moço completamente restabelecido.

A impressão que Isabel recebeu naquela ocasião foi profunda. Gostava até então do rapaz; daí em diante passou a adorá-lo. A flor que ele lhe colhera veio naturalmente a secar; Isabel guardou-a como se fora uma relíquia; beijava-a todos os dias; e de certo tempo em diante até chorava sobre ela. Uma espécie de culto supersticioso prendia o coração da moça àquela mirrada parasita.

Não era ela porém tão mau coração que não ficasse vivamente impressionada quando soube da doença de Camilo. Fez indagar com assiduidade do estado do moço, e cinco dias depois foi com o pai visitá-lo à fazenda do comendador.

A simples visita da moça, se não curou o doente, deu em resultado consolá-lo e animá-lo; viçaram-lhe algumas esperanças, que já estavam mais secas e mirradas que a parasita cuja história acima narrei.

— Quem sabe se me não amará agora? pensou ele.

Apenas ficou restabelecido foi o seu primeiro cuidado ir à fazenda do Dr. Matos; o comendador quis acompanhá-lo. Não o acharam em casa; estavam apenas a irmã e a filha. A irmã era uma pobre velha, que além desse achaque, tinha mais dois: era surda e gostava de política. A ocasião era boa; enquanto a tia de Isabel confiscava a pessoa e a atenção do comendador, Camilo teve tempo de dar um golpe decisivo e rápido, dirigindo à moça estas palavras:

— Agradeço-lhe a bondade que mostrou a meu respeito durante a minha moléstia. Essa mesma bondade anima-me a pedir-lhe uma cousa mais...

Isabel franziu a testa.

— Reviveu-me uma esperança há dias, continuou Camilo, esperança que já estava morta. Será ilusão minha? Uma sua palavra, um gesto seu resolverá esta dúvida.

Isabel ergueu os ombros.

— Não compreendo, disse ela.

— Compreende, disse Camilo em tom amargo. Mas eu serei mais franco, se o exige. Amo-a; disse-lho mil vezes; não fui atendido. Agora porém...

Camilo concluiria de boa vontade este pequeno discurso, se tivesse diante de si a pessoa que ele desejava o ouvisse. Isabel, porém, não lhe deu tempo de chegar ao fim. Sem dizer palavra, sem fazer um gesto, atravessou a extensa varanda e foi sentar-se na outra extremidade onde a velha tia punha à prova os excelentes pulmões do comendador.

O desapontamento de Camilo estava além de toda a descrição. Pretextando um calor que não existia saiu para tomar ar, e ora vagaroso, ora apressado, conforme triunfava nele a irritação ou o desânimo, o mísero pretendente deixou-se ir sem destino. Construiu mil planos de vingança, ideou mil maneiras de ir lançar-se aos pés da moça, rememorou todos os fatos que se haviam dado com ela, e ao cabo de uma longa hora chegou à triste conclusão de que tudo estava perdido. Nesse momento deu acordo de si: estava ao pé de um riacho que atravessava a fazenda do Dr. Matos. O lugar era agreste e singularmente feito para a situação em que ele se achava. A uns duzentos passos viu uma cabana, onde pareceu que alguém entoava uma cantiga do sertão.

Importuna cousa é a felicidade alheia quando somos vítima de algum infortúnio! Camilo sentiu-se ainda mais irritado, e ingenuamente perguntou a si mesmo se alguém podia ser feliz estando ele com o coração a sangrar de desespero. Daí a nada aparecia à porta da cabana um homem e saía na direção do riacho. Camilo estremeceu; pareceu-lhe reconhecer o misterioso que lhe falara no dia do Espírito-Santo. Era a mesma estatura e o mesmo ar; aproximou-se rapidamente e parou a cinco passos de distância. O homem voltou o rosto: era ele!

Camilo correu ao desconhecido.

— Enfim! disse ele.

O desconhecido sorriu-se complacentemente e apertou a mão que Camilo lhe oferecia.

— Quer descansar? perguntou-lhe.

— Não, respondeu o médico. Aqui mesmo, ou mais longe se lhe apraz, mas desde já, por favor, desejo que me explique as palavras que me disse outro dia na igreja.

Novo sorriso do desconhecido.

— Então? disse Camilo vendo que o homem não respondia.

— Antes de mais nada, diga-me; gosta deveras da moça?

— Oh! muito!

— Jura que a faria feliz?

— Juro!

— Então ouça. O que vou contar a V. Sª é verdade, porque o soube por minha mulher que foi mucama de D. Isabel. É aquela que ali está.

Camilo olhou para a porta da cabana e viu uma mulatinha alta e elegante, que olhava para ele com curiosidade.

— Agora, continuou o desconhecido, afastemo-nos um pouco; para que ela nos não ouça, porque eu não desejo venha a saber-se de quem V. Sª ouviu esta história.

Afastaram-se com efeito costeando o riacho. O desconhecido narrou então a Camilo toda a história da parasita, e o culto que até então a moça votava à flor já seca. Um leitor menos sagaz imagina que o namorado ouviu essa narração triste e abatido. Mas o leitor que souber ler adivinha logo que a confidência do desconhecido despertou na alma de Camilo os mais incríveis sobressaltos de alegria.

— Aqui está o que há, disse o desconhecido ao concluir, creio que V. Sª com isto pode saber em que terreno pisa.

— Oh! sim! sim! disse Camilo. Sou amado! sou amado!

Sabedor daquela novidade ardia o médico por voltar a casa, donde saíra havia tanto tempo. Meteu a mão na algibeira, abriu a carteira e tirou uma nota de vinte mil-réis.

— O serviço que me acaba de prestar é imenso, disse ele; não tem preço. Isto porém é apenas uma lembrança...
Dizendo estas palavras, estendeu-lhe a nota. O desconhecido riu-se desdenhosamente sem responder palavra. Depois, estendeu a mão à nota que Camilo lhe oferecia, e, com grande pasmo deste, atirou-a ao riacho. O fio d'água que ia murmurando e saltando por cima das pedras, levou consigo o bilhete, de envolta com uma folha que o vento lhe levara também.

— Deste modo, disse o desconhecido, nem o senhor fica devendo um obséquio, nem eu recebo a paga dele. Não pense que tive tenção de servir a V. Sª, não. Meu desejo é fazer feliz a filha do meu benfeitor. Sabia que ela gostava de um moço, e que esse moço era capaz de a fazer feliz; abri caminho para que ele chegue até onde ela está. Isto não se paga; agradece-se apenas.

Acabando de dizer estas palavras, o desconhecido voltou as costas ao médico, e dirigiu-se para a cabana. Camilo acompanhou com os olhos aquele homem rústico. Pouco tempo depois estava em casa de Isabel, onde já era esperado com alguma ansiedade. Isabel viu-o entrar alegre e radiante.

— Sei tudo, disse-lhe Camilo pouco antes de sair.

A moça olhou espantada para ele.

— Tudo? repetiu ela.

— Sei que me ama, sei que esse amor nasceu há longos anos, quando era criança, e que ainda hoje...

Foi interrompido pelo comendador que se aproximava. Isabel estava pálida e confusa; estimou a interrupção, porque não saberia que responder.

No dia seguinte escreveu-lhe Camilo uma extensa carta apaixonada, invocando o amor que ela conservara no coração, e pedindo-lhe que o fizesse feliz. Dois dias esperou Camilo a resposta da moça. Veio no terceiro dia. Era breve e seca. Confessava que o amara durante aquele longo tempo, e jurava não amar nunca a outro.

"Apenas isso, concluía Isabel. Quanto a ser sua esposa, nunca. Eu quisera entregar a minha vida a quem tivesse um amor igual ao meu. O seu amor é de ontem; o meu é de nove anos: a diferença de idade é grande demais; não pode ser bom consórcio. Esqueça-me e adeus."

Dizer que esta carta não fez mais do que aumentar o amor de Camilo, é escrever no papel aquilo que o leitor já adivinhou. O coração de Camilo só esperava uma confissão escrita da moça para transpor o limite que o separava da loucura. A carta transtornou-o completamente.

VII

PRECIPITAM-SE OS ACONTECIMENTOS

O comendador não perdera a idéia de meter o filho na política. Justamente nesse ano havia eleição; o comendador escreveu às principais influências da província para que o rapaz entrasse na respectiva assembléia.

Camilo teve notícia desta premeditação do pai; limitou-se a erguer os ombros, resolvido a não aceitar cousa nenhuma que não fosse a mão de Isabel. Em vão o pai, o padre Maciel, o tenente-coronel lhe mostravam um futuro esplêndido e todo semeado de altas posições. Uma só posição o contentava: casar com a moça.

Não era fácil, decerto: a resolução de Isabel parecia inabalável.

— Ama-me, porém, dizia o rapaz consigo; é meio caminho andado.

E como o seu amor era mais recente que o dela, compreendeu Camilo que o meio de ganhar a diferença da idade, era mostrar que o tinha mais violento e capaz de maiores sacrifícios.

Não poupou manifestações de toda a sorte. Chuvas e temporais arrostou para ir vê-la todos os dias; fez-se escravo dos seus menores desejos. Se Isabel tivesse a curiosidade infantil de ver na mão a estrela-d'alva, é muito provável que ele achasse meio de lha trazer.

Ao mesmo tempo cessara de a importunar com epístolas ou palavras amorosas. A última que lhe disse foi:
— Esperarei!
Nesta esperança andou ele muitas semanas, sem que a sua situação melhorasse sensivelmente.

Alguma leitora menos exigente, há de achar singular a resolução de Isabel, ainda depois de saber que era amada. Também eu penso assim; mas não quero alterar o caráter da heroína, porque ela era tal qual a apresento nestas páginas. Entendia que ser amada casualmente, pela única razão de ter o moço voltado de Paris, enquanto ela gastara largos anos a lembrar-se dele e a viver unicamente dessa recordação, entendia, digo eu, que isto a humilhava, e porque era imensamente orgulhosa, resolvera não casar com ele nem com outro. Será absurdo; mas era assim.

Fatigado de assediar inutilmente o coração da moça; e por outro lado, convencido de que era necessário mostrar uma dessas paixões invencíveis a ver se a convencia e lhe quebrava a resolução, planeou Camilo um grande golpe.

Um dia de manhã desapareceu da fazenda. A princípio ninguém se abalou com a ausência do moço, porque ele costumava dar longos passeios, quando porventura acordava mais cedo. A cousa porém começou a assustar à proporção que o tempo ia passando. Saíram emissários para todas as partes, e voltaram sem dar novas do rapaz.

O pai estava aterrado; a notícia do acontecimento correu por toda a parte em dez léguas ao redor. No fim de cinco dias de infrutíferas pesquisas soube-se que um moço, com todos os sinais de Camilo, fora visto a meia légua da cidade, a cavalo. Ia só e triste. Um tropeiro asseverou depois ter visto um moço junto de uma ribanceira, parecendo sondar com o olhar que probabilidade de morte lhe traria uma queda.

O comendador entrou a oferecer grossas quantias a quem lhe desse notícia segura do filho. Todos os seus amigos despacharam gente a investigar as matas e os campos, e nesta inútil labutação correu uma semana.

Será necessário dizer a dor que sofreu a formosa Isabel quando lhe foram dar notícia do desaparecimento de Camilo? A primeira impressão foi aparentemente nenhuma; o rosto não revelou a tempestade que imediatamente rebentara no coração. Dez minutos depois a tempestade subiu aos olhos e transbordou num verdadeiro mar de lágrimas.

Foi então que o pai teve conhecimento da paixão tão longo tempo incubada. Ao ver aquela explosão não duvidou que o amor da filha pudesse vir a ser-lhe funesto. Sua primeira idéia foi que o rapaz desaparecera para fugir a um enlace indispensável. Isabel tranqüilizou-o dizendo que, pelo contrário, era ela quem se negara a aceitar o amor de Camilo.

— Fui eu que o matei! exclamava a pobre moça.

O bom velho não compreendeu muito como é que uma moça apaixonada por um mancebo, e um mancebo apaixonado por uma moça, em vez de caminharem para o casamento, tratassem de se separar um do outro. Lembrou-se que o seu procedimento fora justamente o contrário, logo que travou o primeiro namoro.

No fim de uma semana foi o Dr. Matos procurado na sua fazenda pelo nosso já conhecido morador da cabana, que ali chegou ofegante e alegre.

— Está salvo! disse ele.

— Salvo! exclamaram o pai e a filha.

— É verdade, disse Miguel (era o nome do homem); fui encontrá-lo no fundo de uma ribanceira, quase sem vida, ontem de tarde.

— E por que não vieste dizer-nos?... perguntou o velho.

— Porque era preciso cuidar dele em primeiro lugar. Quando voltou a si quis ir outra vez tentar contra os seus dias; eu e minha mulher impedimo-lo de fazer tal. Está ainda um pouco fraco; por isso não veio comigo.

O rosto de Isabel estava radiante. Algumas lágrimas, poucas e silenciosas, ainda lhe correram dos olhos; mas eram já de alegria e não de mágoa.

Miguel saiu com a promessa de que o velho iria lá buscar o filho do comendador.

— Agora, Isabel, disse o pai apenas ficou só com ela, que pretendes fazer?

— O que me ordenar, meu pai!

— Eu só ordenarei o que te disser o coração. Que te diz ele?

— Diz...
— O quê?
— Que sim.
— É o que devia ter dito há muito tempo, porque...

O velho estacou.

— Mas se a causa deste suicídio for outra? pensou ele. Indagarei tudo.

Comunicada a notícia ao comendador, não tardou que este se apresentasse em casa do Dr. Matos, onde pouco depois chegou Camilo. O mísero rapaz trazia escrita no rosto a dor de haver escapado à morte trágica que procurara; pelo menos, assim o disse muitas vezes em caminho, ao pai de Isabel.

— Mas a causa dessa resolução? perguntou-lhe o doutor.
— A causa... balbuciou Camilo, que espreitava a pergunta; não ouso confessá-la...
— É vergonhosa? perguntou o velho com um sorriso benévolo.
— Oh! não!...
— Mas que causa é?
— Perdoa-me, se eu lha disser?
— Por que não?
— Não, não ouso... disse resolutamente Camilo.
— É inútil, porque eu já sei.
— Ah!
— E perdôo a causa, mas não lhe perdôo a resolução; o senhor fez uma cousa de criança.
— Mas ela despreza-me!
— Não... ama-o!

Camilo fez aqui um gesto de surpresa perfeitamente imitado, e acompanhou o velho até a casa, onde encontrou o pai, que não sabia se devia mostrar-se severo ou satisfeito.

Camilo compreendeu logo ao entrar o efeito que o seu desastre causara no coração de Isabel.

— Ora pois! disse o pai da moça. Agora que o ressuscitamos é preciso prendê-lo à vida com uma cadeia forte.

E sem esperar a formalidade do costume nem atender às etiquetas normais da sociedade, o pai de Isabel deu ao comendador a novidade de que era indispensável casar os filhos.

O comendador ainda não voltara a si da surpresa de ter encontrado o filho, quando ouviu esta notícia; e se toda a tribo dos Xavantes viesse cair em cima dele armada de arco e flecha não sentiria espanto maior. Olhou alternadamente para todos os circunstantes como se lhes pedisse a razão de um fato aliás mui natural. Afinal explicaram-lhe a paixão de Camilo e Isabel, causa única do suicídio meio executado pelo filho. O comendador aprovou a escolha do rapaz, e levou a sua galanteria a dizer que no caso dele teria feito o mesmo, se não contasse com a vontade da moça.

— Serei enfim digno do seu amor? perguntou o médico a Isabel quando se achou só com ela.

— Oh! sim!... disse ela. Se morresse, eu morreria também!

Camilo apressou-se a dizer que a Providência velara por ele; e não se soube nunca o que é que ele chamava Providência.

Não tardou que o desenlace do episódio trágico fosse publicado na cidade e seus arredores.

Apenas Leandro Soares soube do casamento projetado entre Isabel e Camilo ficou literalmente fora de si. Mil projetos lhe acudiram à mente, cada qual mais sanguinário: em sua opinião eram dous pérfidos que o haviam traído; cumpria tirar uma solene desforra de ambos.

Nenhum déspota sonhou nunca mais terríveis suplícios do que os que Leandro Soares engendrou na sua escaldada imaginação. Dois dias e duas noites passou o pobre namorado em conjecturas estéreis. No terceiro dia resolveu ir simplesmente procurar o venturoso rival, lançar-lhe em rosto a sua vilania e assassiná-lo depois.

Muniu-se de uma faca e partiu.

Saía da fazenda o feliz noivo, descuidado da sorte que o esperava. Sua imaginação ideava agora uma vida cheia de bem--aventuranças e deleites celestes; a imagem da moça dava a tudo o que o rodeava uma cor poética. Ia todo engolfado nestes devaneios quando viu em frente de si o preterido rival. Esquecera-se dele no meio da sua felicidade; compreendeu o perigo e preparou-se para ele.

Leandro Soares, fiel ao programa que se havia imposto, desfiou um rosário de impropérios que o médico ouviu calado. Quando Soares acabou e ia dar à prática o ponto final sanguinolento, Camilo respondeu:

— Atendi a tudo o que me disse; peço-lhe agora que me ouça. É verdade que vou casar com essa moça; mas também é verdade que ela o não ama. Qual é o nosso crime neste caso? Ora, ao passo que o senhor nutre a meu respeito sentimentos de ódio, eu pensava na sua felicidade.

— Ah! disse Soares com ironia.

— É verdade. Disse comigo que um homem das suas aptidões não devia estar eternamente dedicado a servir de degrau aos outros; e então, como meu pai quer à força fazer-me deputado provincial, disse-lhe que aceitava o lugar para o dar ao senhor. Meu pai concordou; mas eu tive de vencer resistências políticas e ainda agora trato de quebrar algumas. Um homem que assim procede creio que lhe merece alguma estima, — pelo menos não lhe merece tanto ódio.

Não creio que a língua humana possua palavras assaz enérgicas para pintar a indignação que se manifestou no rosto de Leandro Soares. O sangue subiu-lhe todo às faces, enquanto os olhos pareciam despedir chispas de fogo. Os lábios trêmulos como que ensaiavam baixinho uma imprecação eloqüente contra o feliz rival. Enfim, o pretendente infeliz rompeu nestes termos:

— A ação que o senhor praticou era já bastante infame; não precisava juntar-lhe o escárnio...

— O escárnio! interrompeu Camilo.

— Que outro nome darei eu ao que me acaba de dizer? Grande estima, na verdade, é a sua, que depois de me roubar a maior, a única felicidade, que eu podia ter, vem oferecer-me uma compensação política!

Camilo conseguiu explicar que não lhe oferecia nenhuma compensação; pensara naquilo por conhecer as tendências políticas de Soares e julgar que deste modo lhe seria agradável.

— Ao mesmo tempo, concluiu gravemente o noivo, fui levado pela idéia de prestar um serviço à província. Creia que em nenhum caso, ainda que me devesse custar a vida, proporia cousa desvantajosa à província e ao país. Eu cuidava

servir a ambos apresentando a sua candidatura, e pode crer que a minha opinião será a de todos.
— Mas o senhor falou de resistências... disse Soares cravando no adversário um olhar inquisitorial.
— Resistências, não por oposição pessoal, mas por conveniências políticas, explicou Camilo. Que vale isso? Tudo se desfaz com a razão e os verdadeiros princípios do partido que tem a honra de o possuir entre seus membros.
Leandro Soares não tirava os olhos de Camilo; nos lábios pairava-lhe agora um sorriso irônico e cheio de ameaças. Contemplou-o ainda alguns instantes sem dizer palavra, até que de novo rompeu o silêncio.
— Que faria o senhor no meu caso? perguntou ele dando ao seu irônico sorriso um ar verdadeiramente lúgubre.
— Eu recusava, respondeu afoutamente Camilo.
— Ah!
— Sim, recusava, porque não tenho vocação política. Não acontece o mesmo com o senhor, que a tem, e é por assim dizer o apoio do partido em toda esta comarca.
— Tenho essa convicção, disse Soares com orgulho.
— Não é o único: todos lhe fazem justiça.
Soares entrou a passear de um lado para outro. Esvoaçavam-lhe na mente terríveis inspirações, ou a humanidade reclamava alguma moderação no gênero de morte que daria ao rival? Decorreram cinco minutos. Ao cabo deles, Soares parou em frente de Camilo e *ex-abrupto* lhe perguntou:
— Jura-me uma cousa?
— O quê?
— Que a fará feliz?
— Já o jurei a mim mesmo: é o meu mais doce dever.
— Seria meu esse dever se a sorte se não houvesse pronunciado contra mim: não importa; estou disposto a tudo.
— Creia que eu sei avaliar o seu grande coração, disse Camilo estendendo-lhe a mão.
— Talvez. O que não sabe, o que não conhece, é a tempestade que me fica na alma, a dor imensa que me há de acompanhar até à morte. Amores destes vão até à sepultura.
Parou e sacudiu a cabeça, como para expelir uma idéia sinistra.

— Que pensamento é o seu? perguntou Camilo vendo o gesto de Soares.

— Descanse, respondeu este; não tenho projeto nenhum. Resignar-me-ei à sorte: e se aceito essa candidatura política que me oferece é unicamente para afogar nela a dor que me abafa o coração.

Não sei se este remédio eleitoral servirá para todos os casos de doença amorosa. No coração de Soares produziu uma crise salutar, que se resolveu em favor do doente.

Os leitores adivinham bem que Camilo nada havia dito em favor de Soares; mas empenhou-se logo nesse sentido, e o pai com ele, e afinal conseguiu-se que Leandro Soares fosse incluído numa chapa e apresentado aos eleitores na próxima campanha. Os adversários do rapaz, sabedores das circunstâncias em que lhe foi oferecida a candidatura, não deixaram de dizer em todos os tons, que ele vendera o direito de primogenitura por um prato de lentilhas.

Havia já um ano que o filho do comendador estava casado, quando apareceu na sua fazenda um viajante francês. Levava cartas de recomendação de um dos seus professores de Paris. Camilo recebeu-o alegremente e pediu-lhe notícias da França, que ele ainda amava, dizia, como a sua pátria intelectual. O viajante disse-lhe muitas cousas, e sacou por fim da mala um maço de jornais.

Era o *Figaro*.

— O *Figaro*! exclamou Camilo lançando-se aos jornais.

Eram atrasados, mas eram parisienses. Lembravam-lhe a vida que ele tivera durante longos anos, e posto nenhum desejo sentisse de trocar por ela a vida atual, havia sempre uma natural curiosidade em despertar recordações de outro tempo.

No quarto ou quinto número que abriu deparou-se-lhe uma notícia que ele leu com espanto.

Dizia assim:

"Uma célebre Leontina Caveau, que se dizia viúva de um tal príncipe Alexis, súdito do tzar, foi ontem recolhida à prisão. A bela dama (era bela!) não contente de iludir alguns moços incautos, alapardou-se com todas as jóias de uma sua vizinha, Mlle. B... A roubada queixou-se a tempo de impedir a fuga da pretendida princesa."

Camilo acabava de ler pela quarta vez esta notícia, quando Isabel entrou na sala.

— Estás com saudades de Paris? perguntou ela vendo-o tão atento a ler o jornal francês.

— Não, disse o marido, passando-lhe o braço à roda da cintura; estava com saudades de ti.

AS BODAS DE LUÍS DUARTE

Na manhã de um sábado, 25 de abril, andava tudo em alvoroço em casa de José Lemos. Preparava-se o aparelho de jantar dos dias de festa, lavavam-se as escadas e os corredores, enchiam-se os leitões e os perus para serem assados no forno da padaria defronte; tudo era movimento; alguma cousa grande ia acontecer nesse dia.

O arranjo da sala ficou a cargo de José Lemos. O respeitável dono da casa, trepado num banco, tratava de pregar à parede duas gravuras compradas na véspera em casa do Bernasconi; uma representava a *Morte de Sardanapalo;* outra a *Execução de Maria Stuart.* Houve alguma luta entre ele e a mulher a respeito da colocação da primeira gravura. D. Beatriz achou que era indecente um grupo de homem abraçado com tantas mulheres. Além disso, não lhe pareciam próprios dois quadros fúnebres em dia de festa. José Lemos, que tinha sido membro de uma sociedade literária, quando era rapaz, respondeu triunfantemente que os dois quadros eram históricos, e que a história está bem em todas as famílias. Podia acrescentar que nem todas as famílias estão bem na história; mas este trocadilho era mais lúgubre que os quadros.

D. Beatriz, com as chaves na mão, mas sem a *melena desgrenhada* do soneto de Tolentino,[3] andava literalmente da sala para a cozinha, dando ordens, apressando as escravas, tirando toalhas e guardanapos lavados e mandando fazer compras, em suma, ocupada nas mil cousas que estão a cargo de uma dona de casa, máxime num dia de tanta magnitude.

De quando em quando, chegava D. Beatriz à escada que ia ter ao segundo andar, e gritava:
— Meninas, venham almoçar.

Mas parece que as meninas não tinham pressa, porque só depois das nove horas acudiram ao oitavo chamado da mãe, já disposta a subir ao quarto das pequenas, o que era verdadeiro sacrifício da parte de uma senhora tão gorda.

Eram duas moreninhas de truz as filhas do casal Lemos. Uma representava ter vinte anos, outra dezessete; ambas eram altas e um tanto refeitas. A mais velha estava um pouco pálida; a outra, coradinha e alegre, desceu cantando não sei que romance do Alcazar, então em moda. Parecia que das duas a mais feliz seria a que cantava; não era; a mais feliz era a outra que nesse dia devia ligar-se pelos laços matrimoniais ao jovem Luís Duarte, com quem nutrira longo e porfiado namoro. Estava pálida por ter tido uma insônia terrível, doença de que até então não padecera nunca. Há doenças assim.

Desceram as duas pequenas, tomaram a bênção à mãe, que lhes fez um rápido discurso de repreensão e foram à sala para falar ao pai. José Lemos, que pela sétima vez trocava a posição dos quadros, consultou as filhas sobre se era melhor que a *Stuart* ficasse do lado do sofá ou do lado oposto. As meninas disseram que era melhor deixá-la onde estava, e esta opinião pôs termo às dúvidas de José Lemos, que deu por concluída a tarefa e foi almoçar.

Além de José Lemos, sua mulher D. Beatriz, Carlota (a noiva) e Luísa, estavam à mesa Rodrigo Lemos e o menino Antonico, filhos também do casal Lemos. Rodrigo tinha dezoito anos e Antonico seis; o Antonico era a miniatura do Rodrigo; distinguiam-se ambos por uma notável preguiça, e nisso eram perfeitamente irmãos. Rodrigo desde as oito horas da manhã gastou o tempo em duas cousas: ler os anúncios do *Jornal* e ir à cozinha saber em que altura estava o almoço. Quanto ao Antonico, tinha comido às seis horas um bom prato de mingau, na forma do costume, e só se ocupou em dormir tranquilamente até que a mucama o foi chamar.

O almoço correu sem novidade. José Lemos era homem que comia calado; Rodrigo contou o enredo da comédia que vira na noite antecedente no Ginásio; e não se falou em outra cousa durante o almoço. Quando este acabou, Rodrigo levantou-se para ir fumar; e José Lemos encostando os braços na mesa perguntou se o tempo ameaçava chuva. Efetivamente o céu estava sombrio, e a Tijuca não apresentava bom aspecto. Quando o Antonico ia levantar-se, impetrada a licença, ouviu da mãe este aviso:

— Olha lá, Antonico, não faças logo ao jantar o que fazes sempre que há gente de fora.

— O que é que ele faz? perguntou José Lemos.

— Fica envergonhado e mete o dedo no nariz. Só os meninos tolos é que fazem isto: eu não quero semelhante cousa.

O Antonico ficou envergonhado com a reprimenda e foi para a sala lavado em lágrimas. D. Beatriz correu logo atrás para acalentar o seu Benjamim, e todos os mais se levantaram da mesa.

José Lemos indagou da mulher se não faltava nenhum convite, e depois de certificar-se que estavam convidados todos os que deviam assistir à festa, foi vestir-se para sair. Imediatamente foi incumbido de várias cousas: recomendar ao cabeleireiro que viesse cedo, comprar luvas para a mulher e as filhas, avisar de novo os carros, encomendar os sorvetes e os vinhos, e outras cousas mais em que poderia ser ajudado pelo jovem Rodrigo, se este homônimo do Cid [4] não tivesse ido dormir para *descansar o almoço*.

Apenas José Lemos pôs a sola dos sapatos em contato com as pedras da rua, D. Beatriz disse a sua filha Carlota que a acompanhasse à sala, e apenas ali chegaram ambas, proferiu a boa senhora o seguinte *speech*:

— Minha filha, hoje termina a tua vida de solteira, e amanhã começa a tua vida de casada. Eu, que já passei pela mesma transformação, sei praticamente que o caráter de uma senhora casada traz consigo responsabilidades gravíssimas. Bom é que cada qual aprenda à sua custa; mas eu sigo nisto o exemplo de tua avó, que na véspera da minha união com teu pai, expôs em linguagem clara e simples a significação do casamento e a alta responsabilidade dessa nova posição...

D. Beatriz estacou; Carlota, que atribuiu o silêncio da mãe ao desejo de obter uma resposta, não achou melhor palavra do que um beijo amorosamente filial.

Entretanto, se a noiva de Luís Duarte tivesse espiado três dias antes pela fechadura do gabinete de seu pai, adivinharia que D. Beatriz recitava um discurso composto por José Lemos, e que o silêncio era simplesmente um eclipse de memória.

Melhor fora que D. Beatriz, como as outras mães, tirasse alguns conselhos do seu coração e da sua experiência. O amor materno é a melhor retórica deste mundo. Mas o Sr. José Lemos, que conservara desde a juventude um sestro literário, achou que fazia mal expondo a cara metade a alguns erros gramaticais numa ocasião tão solene.

Continuou D. Beatriz o seu discurso, que não foi longo, e terminou perguntando se realmente Carlota amava o noivo, e se aquele casamento não era, como podia acontecer, um resultado de despeito. A moça respondeu que amava o noivo tanto como a seus pais. A mãe acabou beijando a filha com ternura, não estudada na prosa de José Lemos.

Pelas duas horas da tarde voltou este, suando em bica, mas satisfeito de si, porque além de ter dado conta de todas as incumbências da mulher, relativas aos carros, cabeleireiro, etc., conseguiu que o tenente Porfírio fosse lá jantar, cousa que até então estava duvidosa.

O tenente Porfírio era o tipo do orador de sobremesa; possuía o entono, a facilidade, a graça, todas as condições necessárias a esse mister. A posse de tão belos talentos proporcionava ao tenente Porfírio alguns lucros de valor; raro domingo ou dia de festa jantava em casa. Convidava-se o tenente Porfírio com a condição tácita de fazer um discurso, como se convida um músico para tocar alguma cousa. O tenente Porfírio estava entre o creme e o café; e não se cuide que era acepipe gratuito; o bom homem, se bem falava, melhor comia. De maneira que, bem pesadas as cousas, o discurso valia o jantar.

Foi grande assunto de debate nos três dias anteriores ao dia das bodas, se o jantar devia preceder a cerimônia ou vice-versa. O pai da noiva inclinava-se a que o casamento fosse celebrado depois do jantar, e nisto era apoiado pelo jovem Rodrigo, que com uma sagacidade digna de estadista, percebeu que, no caso contrário, o jantar seria muito tarde. Pre-

Trajava Justiniano Vilela como é de uso em tais reuniões.

(HISTÓRIAS DA MEIA-NOITE — As bodas de Luís Duarte, página 68)

valeceu entretanto a opinião de D. Beatriz, que achou esquisito ir para a igreja com a barriga cheia. Nenhuma razão teológica ou disciplinar se opunha a isso, mas a esposa de José Lemos tinha opiniões especiais em assunto de igreja. Venceu a sua opinião.

Pelas quatro horas começaram a chegar convidados. Os primeiros foram os Vilelas, família composta de Justiniano Vilela, chefe de seção aposentado, D. Margarida, sua esposa, e D. Augusta, sobrinha de ambos.

A cabeça de Justiniano Vilela, — se se pode chamar cabeça a uma jaca metida numa gravata de cinco voltas, — era um exemplo da prodigalidade da natureza quando quer fazer cabeças grandes. Afirmavam, porém, algumas pessoas que o talento não correspondia ao tamanho; posto que tivesse corrido algum tempo o boato contrário. Não sei de que talento falavam essas pessoas; e a palavra pode ter várias aplicações. O certo é que um talento teve Justiniano Vilela, foi a escolha da mulher, senhora que, apesar dos seus quarenta e seis anos bem puxados, ainda merecia, no entender de José Lemos, dez minutos de atenção.

Trajava Justiniano Vilela como é de uso em tais reuniões; e a única cousa verdadeiramente digna de nota eram os seus sapatos ingleses de apertar no peito do pé por meio de cordões. Ora, como o marido de D. Margarida tinha horror às calças compridas, aconteceu que apenas se sentou deixou patente a alvura de um fino e imaculado par de meias.

Além do ordenado com que foi aposentado, tinha Justiniano Vilela uma casa e dois molecotes, e com isso ia vivendo menos mal. Não gostava de política; mas tinha opiniões assentadas a respeito dos negócios públicos. Jogava o solo e o gamão todos os dias, alternadamente; gabava as cousas do seu tempo; e tomava rapé com o dedo polegar e o dedo médio.

Outros convidados foram chegando, mas em pequena quantidade, porque à cerimônia e ao jantar só devia assistir um pequeno número de pessoas íntimas.

Às quatro horas e meia chegou o padrinho, Dr. Valença, e a madrinha, sua irmã viúva, D. Virgínia. José Lemos correu a abraçar o Dr. Valença; mas este, que era homem formalista e cerimonioso, repeliu brandamente o amigo, dizendo-lhe ao ouvido que naquele dia toda a gravidade era pouca. Depois, com uma serenidade que só ele possuía, entrou o Dr. Valença e foi cumprimentar a dona da casa e as outras senhoras.

Era ele homem de seus cinqüenta anos, nem gordo nem magro, mas dotado de um largo peito e um largo abdômen que lhe davam maior gravidade ao rosto e às maneiras. O abdômen é a expressão mais positiva da gravidade humana; um homem magro tem necessariamente os movimentos rápidos; ao passo que para ser completamente grave precisa ter os movimentos tardos e medidos. Um homem verdadeiramente grave não pode gastar menos de dois minutos em tirar o lenço e assoar-se. O Dr. Valença gastava três quando estava com defluxo e quatro no estado normal. Era um homem gravíssimo.

Insisto neste ponto porque é a maior prova da inteligência do Dr. Valença. Compreendeu este advogado, logo que saiu da academia, que a primeira condição para merecer a consideração dos outros era ser grave; e indagando o que era gravidade pareceu-lhe que não era nem o peso da reflexão, nem a seriedade do espírito, mas unicamente certo *mistério do corpo*, como lhe chama La Rochefoucauld;[5] o qual mistério, acrescentará o leitor, é como a bandeira dos neutros em tempo de guerra: salva do exame a carga que cobre.

Podia-se dar uma boa gratificação a quem descobrisse uma ruga na casaca do Dr. Valença. O colete tinha apenas três botões e abria-se até ao pescoço em forma de coração. Um elegante claque completava a *toilette* do Dr. Valença. Não era ele bonito de feições no sentido afeminado que alguns dão à beleza masculina; mas não deixava de ter certa correção nas linhas do rosto, o qual se cobria de um véu de serenidade que lhe ficava a matar.

Depois da entrada dos padrinhos, José Lemos perguntou pelo noivo, e o Dr. Valença respondeu que não sabia dele. Eram já cinco horas. Os convidados, que cuidavam ter chegado tarde para a cerimônia, ficaram desagradavelmente surpreendidos com a demora, e Justiniano Vilela confessou ao ouvido da mulher que estava arrependido de não ter comido alguma cousa antes. Era justamente o que estava fazendo o jovem Rodrigo Lemos, desde que percebeu que o jantar viria lá para as sete horas.

A irmã do Dr. Valença, de quem não falei detidamente por ser uma das figuras insignificantes que jamais produziu a raça de Eva, apenas entrou manifestou logo o desejo de ir ver a noiva, e D. Beatriz saiu com ela da sala, deixando plena liberdade ao marido, que encetava uma conversação com a interessante esposa do Sr. Vilela.

— Os noivos de hoje não se apressam, disse filosoficamente Justiniano; quando eu me casei fui o primeiro que apareceu em casa da noiva.

A esta observação, toda filha do estômago implacável do ex-chefe de seção, o Dr. Valença respondeu dizendo:

— Compreendo a demora e a comoção de aparecer diante da noiva.

Todos sorriram ouvindo esta defesa do noivo ausente e a conversa tomou certa animação.

Justamente, no momento em que Vilela discutia com o Dr. Valença as vantagens do tempo antigo sobre o tempo atual, e as moças conversavam entre si do último corte dos vestidos, entrou na sala a noiva, escoltada pela mãe e pela madrinha, vindo logo na retaguarda a interessante Luísa, acompanhada do jovem Antonico.

Eu não seria narrador exato nem de bom gosto se não dissesse que houve na sala um murmúrio de admiração.

Carlota estava efetivamente deslumbrante com o seu vestido branco, e a sua grinalda de flores de laranjeira, e o seu finíssimo véu, sem outra jóia mais que os seus olhos negros, verdadeiros diamantes da melhor água.

José Lemos interrompeu a conversa em que estava com a esposa de Justiniano, e contemplou a filha. Foi a noiva apresentada aos convidados, e conduzida para o sofá, onde se sentou entre a madrinha e o padrinho. Este, pondo o claque em pé sobre a perna, e sobre o claque a mão apertada numa luva de três mil e quinhentos, disse à afilhada palavras de louvor que a moça ouviu corando e sorrindo, aliança amável de vaidade e modéstia.

Ouviram-se passos na escada, e já o Sr. José Lemos esperava ver entrar o futuro genro, quando assomou à porta o grupo dos irmãos Valadares.

Destes dois irmãos, o mais velho, que se chamava Calisto, era um homem amarelo, nariz aquilino, cabelos castanhos e olhos redondos. Chamava-se o mais moço Eduardo, e só diferençava do irmão na cor, que era vermelha. Eram ambos empregados numa Companhia, e estavam na flor dos quarenta para cima. Outra diferença havia: era que Eduardo cultivava a poesia quando as cifras lho permitiam, ao passo que o irmão era inimigo de tudo o que cheirava a literatura.

Passava o tempo, e nem o noivo, nem o tenente Porfírio davam sinais de si. O noivo era essencial para o casamento, e o tenente para o jantar. Eram cinco e meia quando apareceu finalmente Luís Duarte. Houve um *Gloria in excelsis Deo* no interior de todos os convidados.

Luís Duarte apareceu à porta da sala, e daí mesmo fez uma cortesia geral, cheia de graça e tão cerimoniosa que o padrinho lha invejou. Era um rapaz de vinte e cinco anos, tez mui alva, bigode louro e sem barba nenhuma. Trazia o cabelo apartado no centro da cabeça. Os lábios eram tão rubros que um dos Valadares disse ao ouvido do outro: — Parece que os tingiu. Em suma, Luís Duarte era uma figura capaz de agradar a uma moça de vinte anos, e eu não teria grande repugnância em chamar-lhe um Adônis, se ele realmente o fosse. Mas não era. Dada a hora, saíram os noivos, os pais e os padrinhos, e foram à igreja, que ficava perto; os outros convidados ficaram em casa, fazendo as honras dela a menina Luísa e o jovem Rodrigo, a quem o pai foi chamar, e que apareceu logo trajado no rigor da moda.

— É um par de pombos, disse a Sra. D. Margarida Vilela, apenas saiu a comitiva.

— É verdade! disseram em coro os dois irmãos Valadares e Justiniano Vilela.

A menina Luísa, que era alegre por natureza, alegrou a situação, conversando com as outras moças, uma das quais, a convite seu, foi tocar alguma cousa ao piano. Calisto Valadares suspeitava que houvesse uma omissão nas Escrituras, e vinha a ser que entre as pragas do Egito devia ter figurado o piano. Imagine o leitor com que cara viu ele sair uma das moças do seu lugar e dirigir-se ao fatal instrumento. Soltou um longo suspiro e começou a contemplar as duas gravuras compradas na véspera.

— Que magnífico é isto! exclamou ele diante do *Sardanapalo,* quadro que ele achava detestável.

— Foi papai quem escolheu, disse Rodrigo, e foi essa a primeira palavra que pronunciou desde que entrou na sala.

— Pois, senhor, tem bom gosto, continuou Calisto; não sei se conhecem o assunto do quadro...

— O assunto é *Sardanapalo,* disse afoitamente Rodrigo.

— Bem sei, retrucou Calisto, estimando que a conversa pegasse; mas pergunto se...

Não pôde acabar; soaram os primeiros compassos.

Eduardo, que na sua qualidade de poeta, devia amar a música, aproximou-se do piano e inclinou-se sobre ele na posição melancólica de um homem que conversa com as musas. Quanto ao irmão, não tendo podido evitar a cascata de notas, foi sentar-se ao pé de Vilela, com quem travou conversa, começando por perguntar que horas eram no relógio dele. Era tocar na tecla mais preciosa do ex-chefe de seção.

— É já tarde, disse este com voz fraca; olhe, seis horas.

— Não podem tardar muito.

— Eu sei! A cerimônia é longa, e talvez não achem o padre... Os casamentos deviam fazer-se em casa e de noite.

— É a minha opinião.

A moça terminou o que estava tocando; Calisto suspirou. Eduardo, que estava encostado ao piano, cumprimentou a executante com entusiasmo.

— Por que não toca mais alguma cousa? disse ele.

— É verdade, Mariquinhas, toca alguma cousa da *Sonâmbula,* disse Luísa obrigando a amiga a sentar-se.

— Sim! a *Son*...

Eduardo não pôde acabar; viu em frente os dois olhos repreensivos do irmão e fez uma careta. Interromper uma frase e fazer uma careta podia ser indício de um calo. Todos assim pensaram, exceto Vilela, que, julgando os outros por si, ficou convencido de que algum grito agudo do estômago tinha interrompido a voz de Eduardo. E, como acontece às vezes, a dor alheia despertou a própria, de maneira que o estômago de Vilela formulou um verdadeiro *ultimatum,* ao qual o homem cedeu, aproveitando a intimidade que tinha na casa e indo ao interior sob pretexto de dar exercício às pernas.

Foi uma felicidade.

A mesa, que já tinha em cima de si alguns acepipes convidativos, apareceu como uma verdadeira fonte de Moisés aos olhos do ex-chefe de seção. Dois pastelinhos e uma *croquette* foram os parlamentares que Vilela mandou ao estômago rebelado e com os quais aquela víscera se conformou.

No entanto D. Mariquinhas fazia maravilhas ao piano; Eduardo encostado à janela parecia meditar um suicídio, ao passo que o irmão brincando com a corrente do relógio ouvia umas confidências de D. Margarida a respeito do mau serviço dos escravos. Quanto a Rodrigo, passeava de um lado para outro, dizendo de vez em quando em voz alta:

— Já tardam!

Eram seis horas e um quarto; nada de carros; algumas pessoas já estavam impacientes. Às seis e vinte minutos ouviu-se um rumor de rodas; Rodrigo correu à janela: era um tílburi. Às seis e vinte e cinco minutos todos supuseram ouvir o rumor dos carros.

— É agora, exclamou uma voz.

Não era nada. Pareceu-lhes ouvir por um efeito (desculpem a audácia com que eu caso este substantivo a este adjetivo) por um efeito de *miragem auricular.*

Às seis horas e trinta e oito minutos apareceram os carros. Grande alvoroço na sala; as senhoras correram às janelas. Os homens olharam uns para os outros como conjurados que medem as suas forças para uma grande empresa. Toda a comitiva entrou. As escravas da casa, que espreitavam do corredor a entrada dos noivos, causaram uma verdadeira surpresa à sinhá moça deitando-lhe sobre a cabeça um dilúvio de folhas de rosa. Cumprimentos e beijos, houve tudo quanto se faz em tais ocasiões.

O Sr. José Lemos estava contentíssimo, mas caiu-lhe água na fervura quando soube que o tenente Porfírio não tinha chegado.

— É preciso mandá-lo chamar.

— A esta hora! murmurou Calisto Valadares.
— Sem o Porfírio não há festa completa, disse o Sr. José Lemos confidencialmente ao Dr. Valença.
— Papai, disse Rodrigo, eu creio que ele não vem.
— É impossível!
— São quase sete horas.
— E o jantar já nos espera, acrescentou D. Beatriz.

O voto de D. Beatriz pesava muito no ânimo de José Lemos; por isso não insistiu. Não houve remédio senão sacrificar o tenente.

Mas o tenente era o homem das situações difíceis, o salvador dos lances arriscados. Mal acabava D. Beatriz de falar, e José Lemos de assentir mentalmente à opinião da mulher, ouviu-se na escada a voz do tenente Porfírio. O dono da casa soltou um suspiro de alívio e satisfação. Entrou na sala o longamente esperado conviva.

Pertencia o tenente a essa classe feliz de homens que não têm idade; uns lhe davam 30 anos, outros 35 e outros 40; alguns chegavam até os 45, e tanto esses como os outros podiam ter igualmente razão. A todas as hipóteses se prestavam a cara e as suíças castanhas do tenente. Era ele magro e de estatura meã; vestia com certa graça, e, comparado com um boneco, não havia grande diferença. A única cousa que destoava um pouco era o modo de pisar; o tenente Porfírio pisava para fora a tal ponto, que da ponta do pé esquerdo à ponta do pé direito, quase se podia traçar uma linha reta. Mas como tudo tem compensação, usava ele sapatos rasos de verniz, mostrando um fino par de meias de fio de Escócia mais lisas que a superfície de uma bola de bilhar.

Entrou com a graça que lhe era peculiar. Para cumprimentar os noivos arredondou o braço direito, pôs a mão atrás das costas segurando o chapéu, e curvou profundamente o busto, ficando em posição que fazia lembrar (de longe!) os antigos lampiões das nossas ruas.

Porfírio tinha sido tenente do exército, e dera baixa, com o que andou perfeitamente, porque entrou no comércio de trastes e já possuía algum pecúlio. Não era bonito, mas algumas senhoras afirmavam que apesar disso era mais perigoso que uma lata de nitroglicerina. Naturalmente não devia essa qualidade à graça da linguagem, pois falava sibilando muito a letra *s;* dizia sempre: Asss minhasss botasss...

Quando Porfírio acabou os cumprimentos, disse-lhe o dono da casa:

— Já sei que hoje temos cousa boa!

— Qual! respondeu ele com uma modéstia exemplar; quem ousará levantar a voz diante de ilustrações?

Porfírio disse estas palavras pondo os quatro dedos da mão esquerda no bolso do colete, gesto que ele praticava por não saber onde havia de pôr aquele fatal braço, obstáculo dos atores novéis.

— Mas por que veio tarde? perguntou D. Beatriz.

— Condene-me, minha senhora, mas poupe-me a vergonha de explicar uma demora que não tem atenuante no código da amizade e da polidez.

José Lemos sorriu olhando para todos e como se destas palavras do tenente lhe resultasse alguma glória para ele. Mas Justiniano Vilela que, apesar dos pastelinhos, sentia-se impelido para a mesa, exclamou velhacamente:

— Felizmente chegou à hora de jantar!

— É verdade; vamos para a mesa, disse José Lemos dando o braço a D. Margarida e a D. Virgínia. Seguiram-se os mais em procissão.

Não há mais júbilo nos peregrinos da Meca do que houve nos convivas ao avistarem uma longa mesa, profusamente servida, alastrada de porcelanas e cristais, assados, doces e frutas. Sentaram-se em boa ordem. Durante alguns minutos houve aquele silêncio que precede a batalha, e só no fim dela, começou a geral conversação.

— Quem diria há um ano, quando eu aqui apresentei o nosso Duarte, que ele seria hoje noivo desta interessante D. Carlota? disse o Dr. Valença limpando os lábios com o guardanapo, e lançando um benévolo olhar para a noiva.

— É verdade! disse D. Beatriz.

— Parece dedo da Providência, opinou a mulher da Vilela.

— Parece, e é, disse D. Beatriz.

— Se é o dedo da Providência, acudiu o noivo, agradeço aos céus o interesse que toma por mim.
Sorriu D. Carlota, e José Lemos achou o dito de bom gosto e digno de um genro.
— Providência ou acaso? perguntou o tenente. Eu sou mais pelo acaso.
— Vai mal, disse Vilela que, pela primeira vez levantara a cabeça do prato; isso que o senhor chama acaso não é senão a Providência. O casamento e a mortalha no céu se talha.
— Ah! o senhor acredita nos provérbios?
— É a sabedoria das nações, disse José Lemos.
— Não, insistiu o tenente Porfírio. Repare que para cada provérbio afirmando uma cousa, há outro provérbio afirmando a cousa contrária. Os provérbios mentem. Eu creio que foi simplesmente um felicíssimo acaso, ou antes uma lei de atração das almas que fez com que o Sr. Luís Duarte se aproximasse da interessante filha do nosso anfitrião.

José Lemos ignorava até aquela data se era anfitrião; mas considerou que da parte de Porfírio não podia vir cousa má. Agradeceu sorrindo o que lhe pareceu cumprimento, enquanto se servia da gelatina, que Justiniano Vilela dizia estar excelente.

As moças conversavam baixinho e sorrindo; os noivos estavam embebidos com a troca de palavras amorosas, ao passo que Rodrigo palitava os dentes com tal ruído, que a mãe não pôde deixar de lhe lançar um desses olhares fulminantes que eram as suas melhores armas.

— Quer gelatina, Sr. Calisto? perguntou José Lemos com a colher no ar.
— Um pouco, disse o homem de cara amarela.
— A gelatina é excelente! disse pela terceira vez o marido de D. Margarida, e tão envergonhada ficou a mulher com estas palavras do homem que não pôde reter um gesto de desgosto.
— Meus senhores, disse o padrinho, eu bebo aos noivos.
— Bravo! disse uma voz.
— Só isso? perguntou Rodrigo; deseja-se uma saúde historiada.

— Mamãe! eu quero gelatina! disse o menino Antonico.

— Eu não sei fazer discursos; bebo simplesmente à saúde dos noivos.

Todos beberam à saúde dos noivos.

— Quero gelatina! insistiu o filho de José Lemos.

D. Beatriz sentiu ímpetos de Medéia; o respeito aos convidados impediu que ali houvesse uma cena grave. A boa senhora limitou-se a dizer a um dos serventes:

— Leva isto a nhonhô...

O Antonico recebeu o prato, e entrou a comer como comem as crianças quando não têm vontade: levava uma colherada à boca e demorava-se tempo infinito rolando o conteúdo da colher entre a língua e o paladar, ao passo que a colher, empurrada por um lado formava na bochecha direita uma pequena elevação. Ao mesmo tempo agitava o pequeno as pernas de maneira que batia alternadamente na cadeira e na mesa.

Enquanto se davam estes incidentes, em que ninguém realmente reparava, a conversa continuava seu caminho. O Dr. Valença discutia com uma senhora a excelência do vinho Xerez, e Eduardo Valadares recitava uma décima à moça que lhe ficava ao pé

De repente levantou-se José Lemos.

— Siu! siu! siu! gritaram todos impondo silêncio.

José Lemos pegou num copo e disse aos circunstantes:

— Não é, meus senhores, a vaidade de ser ouvido por tão notável assembléia que me obriga a falar. É um alto dever de cortesia, de amizade, de gratidão; um desses deveres que podem mais que todos os outros, dever santo, dever imortal.

A estas palavras a assembléia seria cruel se não aplaudisse. O aplauso não atrapalhou o orador, pela simples razão de que ele sabia o discurso de cor.

— Sim, senhores. Curvo-me a esse dever, que é para mim a lei mais santa e imperiosa. Eu bebo aos meus amigos, a estes sectários do coração, a estas vestais, tanto masculinas como femininas, do puro fogo da amizade! Aos meus amigos! à amizade!

A falar verdade, o único homem que percebeu a nulidade do discurso de José Lemos foi o Dr. Valença, que aliás não era águia. Por isso mesmo levantou-se e fez um brinde aos talentos oratórios do anfitrião.

Seguiu-se a estes dois brindes o silêncio de uso, até que Rodrigo dirigindo-se ao tenente Porfírio perguntou-lhe se havia deixado a musa em casa.

— É verdade! queremos ouvi-lo, disse uma senhora; dizem que fala tão bem!

— Eu, minha senhora? respondeu Porfírio com aquela modéstia de um homem que se supõe um S. João Boca de Ouro.

Distribuiu-se o *champagne;* e o tenente Porfírio levantou-se. Vilela, que se achava um pouco distante, pôs a mão em forma de concha atrás da orelha direita, ao passo que Calisto, fincando um olhar profundo sobre a toalha, parecia estar contando os fios do tecido. José Lemos chamou a atenção da mulher, que nesse momento servia uma castanha gelada ao implacável Antonico; todos os mais estavam com os olhos no orador.

— Minhas senhoras! meus senhores! disse Porfírio; não irei esquadrinhar no âmago da história, essa mestra da vida, o que era o himeneu nas priscas eras da humanidade. Seria lançar a luva do escárnio às faces imaculadas desta brilhante reunião. Todos nós sabemos, senhoras e senhores, o que é o himeneu. O himeneu é a rosa, rainha dos vergéis, abrindo as pétalas rubras, para amenizar os cardos, os abrolhos, os espinhos da vida...

— Bravo!
— Bonito!

— Se o himeneu é isto que eu acabo de expor aos vossos sentidos auriculares, não é mister explicar o gáudio, o fervor, os ímpetos de amor, as explosões de sentimento com que todos nós estamos à roda deste altar, celebrando a festa do nosso caro e prezadíssimo amigo.

José Lemos curvou a cabeça até tocar com a ponta do nariz numa pêra que tinha diante de si, enquanto D. Beatriz, voltando-se para o Dr. Valença, que lhe ficava ao pé, dizia:

— Fala muito bem! Parece um dicionário!

José Porfírio continuou:

— Sinto, senhores, não ter um talento digno do assunto...

— Não apoiado! está falando muito bem! disseram muitas vozes em volta do orador.

— Agradeço a bondade de V. Ex^{as}; mas eu persisto na crença de que não tenho o talento capaz de arcar com um objeto de tanta magnitude.

— Não apoiado!

— V. Ex^{as} confundem-me, respondeu Porfírio curvando-se. Não tenho esse talento; mas sobra-me boa vontade, aquela boa vontade com que os apóstolos plantaram no mundo a religião do Calvário, e graças a este sentimento poderei resumir em duas palavras o brinde aos noivos. Senhores, duas flores nasceram em diverso canteiro, ambas pulcras, ambas recendentes, ambas cheias de vitalidade divina. Nasceram uma para outra; era o cravo e a rosa; a rosa vivia para o cravo, o cravo vivia para a rosa: veio uma brisa e comunicou os perfumes das duas flores, e as flores, conhecendo que se amavam, correram uma para a outra. A brisa apadrinhou essa união. A rosa e o cravo ali estão consorciados no amplexo da simpatia: a brisa ali está honrando a nossa reunião.

Ninguém esperava pela brisa; a brisa era o Dr. Valença.

Estrepitosos aplausos celebraram este discurso em que o Calvário andou unido ao cravo e à rosa. Porfírio sentou-se com a satisfação íntima de ter cumprido o seu dever.

O jantar chegava ao fim: eram oito horas e meia; vinham chegando alguns músicos para o baile. Todavia, ainda houve uma poesia de Eduardo Valadares e alguns brindes a todos os presentes e a alguns ausentes. Ora, como os licores iam ajudando as musas, travou-se especial combate entre o tenente Porfírio e Justiniano Vilela, que, só depois de *animado,* pôde entrar na arena. Esgotados os assuntos, fez Porfírio um brinde ao exército e aos seus generais, e Vilela outro à união das províncias do império. Neste terreno os assuntos não podiam escassear. Quando todos se levantaram da mesa, lá ficaram os dois brindando calorosamente todas as idéias práticas e úteis deste mundo, e do outro.

Seguiu-se o baile, que foi animadíssimo e durou até às três horas da manhã.

Nenhum incidente perturbou esta festa. Quando muito podia citar-se um ato de mau gosto da parte de José Lemos que, dançando com D. Margarida, ousou lamentar a sorte dessa pobre senhora cujo marido se entretinha a fazer saúdes em vez de ter a inapreciável ventura de estar ao lado dela. D. Margarida sorriu; mas o incidente não foi adiante.

Às duas horas retirou-se o Dr. Valença com a família, sem que durante a noite, e apesar da familiaridade da reunião, perdesse um átomo sequer da gravidade habitual. Calisto Valadares esquivou-se na ocasião em que a filha mais moça de D. Beatriz ia cantar ao piano. Os mais foram-se retirando a pouco e pouco.

Quando a festa acabou de todo, ainda os dois últimos Abencerragens [6] do copo e da mesa lá estavam levantando brindes de todo o tamanho. O último brinde de Vilela foi ao progresso do mundo por meio do café e do algodão, e o de Porfírio ao estabelecimento da paz universal.

Mas o verdadeiro brinde dessa festa memorável, foi um pecurrucho que viu a luz em janeiro do ano seguinte, o qual perpetuará a dinastia dos Lemos, se não morrer na crise da dentição.

ERNESTO DE TAL

I

Aquele moço que ali está parado na Rua Nova do Conde[7] esquina do Campo da Aclamação,[8] às dez horas da noite, não é nenhum ladrão, não é sequer um filósofo. Tem um ar misterioso, é verdade; de quando em quando leva a mão ao peito, bate uma palmada na coxa, ou atira fora um charuto apenas encetado. Filósofo já se vê que não era. Ratoneiro também não; se algum sujeito acerta de passar pelo mesmo lado, o vulto afasta-se cauteloso, como se tivesse medo de ser conhecido.

De dez em dez minutos, sobe a rua até o lugar em que ela faz ângulo com a Rua do Areal,[9] torna a descer dez minutos depois, para de novo subir e descer, descer e subir, sem outro resultado mais que aumentar cinco por cento a cólera que lhe murmura no coração.

Quem o visse fazer estas subidas e descidas, bater na perna, acender e apagar charutos, e não tivesse outra explicação, suporia plausivelmente que o homem estava doudo ou perto disso. Não, senhor; Ernesto de tal (não estou autorizado para dizer o nome todo) anda simplesmente apaixonado por uma moça que mora naquela rua; está colérico porque ainda não conseguiu receber resposta da carta que lhe mandou nessa manhã.

Convém dizer que dois dias antes tinha havido um pequeno arrufo. Ernesto quebrara o protesto de namorado que lhe fizera, de nunca mais escrever-lhe, mandando nessa manhã uma epístola de quatro laudas incendiárias, com muitos sinais admirativos e várias liberdades de pontuação. A carta foi, mas a resposta não veio.

De cada vez que o nosso namorado operava a descida ou subida da rua, parava defronte de uma casa assobradada, onde se dançava ao som de um piano. Era ali que morava a dama dos seus pensamentos. Mas parava debalde; nem ela aparecia à janela, nem a carta lhe chegava às mãos.

Ernesto mordia então os beiços para não soltar um grito de desespero e ia desafogar os seus furores na próxima esquina.

— Mas que explicação tem isto? dizia ele consigo mesmo; por que razão não me atira ela o papel de cima da janela? Não tem que ver; está toda entregue à dança, talvez ao namoro, não se lembra que eu estou aqui na rua, quando podia estar lá...

Neste ponto calou-se o namorado, e em vez do gesto de desespero que devia fazer, soltou apenas um longo e magoado suspiro. A explicação deste suspiro, inverossímil num homem que está rebentando de cólera, é um tanto delicada para se dizer em letra redonda. Mas vá lá; ou não se há de contar nada, ou se há de dizer tudo.

Ernesto dava-se em casa do Sr. Vieira, tio de Rosina, que é o nome da namorada. Lá costumava ir com freqüência, e lá mesmo é que se arrufou com ela dois dias antes deste sábado de outubro de 1850, em que se passa o acontecimento que estou narrando. Ora, por que razão não figura Ernesto entre os cavalheiros que estão dançando ou tomando chá? Na véspera de tarde o Sr. Vieira, encontrando-se com Ernesto, participou-lhe que dava no dia seguinte uma pequena partida para solenizar não sei que acontecimento da família.

— Resolvi isto hoje de manhã, concluiu ele; convidei pouca gente, mas espero que a festa esteja brilhante. Ia mandar-lhe agora um convite; mas creio que me dispensa?...

Filósofo já se vê que não era.

(HISTÓRIAS DA MEIA-NOITE — Ernesto de tal, página 81)

— Sem dúvida, apressou-se a dizer Ernesto esfregando as mãos de contente.
— Não falte!
— Não senhor!
— Ah! esquecia-me avisá-lo de uma cousa, disse Vieira que já havia dado alguns passos; como vai o subdelegado, que além disso é comendador, eu desejava que todos os meus convidados aparecessem de casaca. Sacrifique-se à casaca, sim?
— Com muito gosto, respondeu o outro ficando pálido como um defunto.

Pálido, por quê? Leitor, por mais ridícula e lastimosa que te pareça esta declaração, não hesito de dizer-te que o nosso Ernesto não possuía uma só casaca nova nem velha. A exigência de Vieira era absurda; mas não havia fugir-lhe: ou não ir, ou ir de casaca. Cumpria sair a todo o custo desta gravíssima situação. Três alvitres se apresentaram ao espírito do atribulado moço: encomendar, por qualquer preço, uma casaca para a noite seguinte; comprá-la a crédito; pedi-la a um amigo.

Os dois primeiros alvitres foram desprezados por impraticáveis; Ernesto não tinha dinheiro nem crédito tão alto. Restava o terceiro. Fez Ernesto uma lista dos amigos e casacas prováveis, meteu-a na algibeira e saiu em busca do velocino.

A desgraça porém que o perseguia fez com que o primeiro amigo tivesse de ir no dia seguinte a um casamento e o segundo a um baile; o terceiro tinha a casaca rota, o quarto tinha a casaca emprestada, o quinto não emprestava a casaca, o sexto não tinha casaca. Recorreu ainda a mais dois amigos suplementares; mas um partira na véspera para Iguaçu e o outro estava destacado na fortaleza de S. João como alferes da guarda nacional.

Imagine-se o desespero de Ernesto; mas admire-se também a requintada crueldade com que o destino tratava a este moço, que ao voltar para casa encontrou três enterros, dois dos quais com muitos carros, cujos ocupantes iam todos de casaca. Era mister curvar a cabeça à fatalidade; Ernesto não insistiu. Mas como tomara a peito reconciliar-se com

Rosina, escreveu-lhe a carta de que falei acima e mandou-a levar pelo moleque da casa, dizendo-lhe que à noite lhe desse a resposta na esquina do Campo. Já sabemos que tal resposta não veio. Ernesto não compreendia a causa do silêncio; muitos arrufos tivera com a moça, mas nenhum deles resistia à primeira carta nem durava mais de quarenta e oito horas.

Desenganado enfim de que a resposta viesse naquela noite, Ernesto dirigiu-se para casa com o desespero no coração. Morava na Rua da Misericórdia. Quando lá chegou estava cansado e abatido. Nem por isso dormiu logo. Despiu-se precipitadamente. Esteve a ponto de rasgar o colete, cuja fivela teimava em prender-se a um botão da calça. Atirou com as botinas sobre um aparador e quase esmigalhou uma das jarras. Deu cerca de sete ou oito murros na mesa; fumou dois charutos, descompôs o destino, a moça, a si mesmo, até que sobre a madrugada pôde conciliar o sono.

Enquanto ele dorme indaguemos a causa do silêncio da namorada.

II

Veja o leitor aquela moça que ali está, sentada num sofá, entre duas damas da mesma idade, conversando baixinho com elas, e requebrando de quando em quando os olhos. É Rosina. Os olhos de Rosina não enganam ninguém... exceto os namorados. Os olhos dela são espertinhos e caçadores, e com um certo movimento que ela lhes dá, ficam ainda mais caçadores e espertinhos. É galante e graciosa; se o não fora, não se deixaria prender por ela o nosso infeliz Ernesto, que era rapaz de apurado gosto. Alta não era, mas baixinha, viva, travessa. Tinha bastante afetação nos modos e no falar; mas Ernesto, a quem um amigo notara isso mesmo, declarou que não gostava de moscas mortas.

— Eu nem de moscas vivas, acudiu o amigo encantado por ter apanhado no ar este trocadilho.

Trocadilho de 1850.

Não veste com luxo porque o tio não é rico; mas ainda assim está garrida e elegante. Na cabeça tem por enfeite apenas dois laços de fita azul.

— Ah! se aquelas fitas me quisessem enforcar! dizia um gamenho de bigode preto e cabelo partido ao meio.

— Se aquelas fitas me quisessem levar ao céu! dizia outro de suíças castanhas e orelhas pequeninas.

Desejos ambiciosos os destes dois rapazes, — ambiciosos e vãos, porque ela, se alguém lhe prende a atenção, é um moço de bigode louro e nariz comprido que está agora conversando com o subdelegado. Para ele é que Rosina dirige de quando em quando os olhos, com disfarce é verdade, não tanto porém que o não percebam as duas moças que estão ao pé dela.

— Namoro ferrado! dizia uma delas à outra fazendo um sinal de cabeça para o lado do moço de nariz comprido.

— Ora, Justina!

— Calúnias! acudiu a outra moça.

— Cala-te, Amélia!

— Você quer enganar a gente? insistia Justina. Tire o cavalo da chuva! Lá está ele olhando... Parece que nem ouve o comendador. Pobre comendador! para pau de cabeleira está grosso demais.

— Olha, se você não se cala eu vou-me embora, disse Rosina fingindo-se enfadada.

— Pois vá!

— Coitado do Ernesto! suspirou Amélia do outro lado

— Olhe que titia pode ouvir, observou Rosina olhando de esguelha para uma velha gorda, que assentada ao pé do sofá, referia a uma comadre as diversas peripécias da última moléstia do marido.

— Mas por que não veio o Ernesto? perguntou Justina.

— Mandou dizer a papai que tinha um trabalho urgente

— Quem sabe se algum namoro também? insinuou Justina.

— Não é capaz! acudiu Rosina.

— Bravo! que confiança!

— Que amor!

— Que certeza!
— Que defensora!
— Não é capaz, repetiu a moça; o Ernesto não é capaz de namorar outra; estou certa disso... O Ernesto é um... Engoliu o resto.
— Um quê? perguntou Amélia.
— Um quê? perguntou Justina.

Neste momento tocou-se uma valsa, e o rapaz de nariz comprido, a quem o subdelegado deixara para ir conversar com Vieira, aproximou-se do sofá e pediu a Rosina a honra de lhe dar aquela valsa. A moça abaixou os olhos com singular modéstia, murmurou algumas palavras que ninguém ouviu, levantou-se e foi valsar. Justina e Amélia chegaram-se então uma para a outra e comentaram o procedimento de Rosina e a sua maneira de valsar sem graça. Mas como ambas eram amigas de Rosina, não foram estas censuras feitas em tom ofensivo, mas com brandura, como os amigos devem censurar os amigos ausentes.

E não tinham muita razão as duas amigas. Rosina valsava com graça e podia pedir meças a quem soubesse aquele gênero de dança. Agora quanto ao namoro, pode ser que tivessem razão, e tinham efetivamente; a maneira por que ela olhava e falava ao rapaz de nariz comprido despertava suspeitas no espírito mais desprevenido a seu respeito.

Acabada a valsa passearam um pouco e foram depois para o vão de uma janela. Era então uma hora, e já o desgraçado Ernesto palmilhava na direção da Rua da Misericórdia.

— Eu passarei amanhã às seis horas da tarde.
— Às seis horas, não! disse Rosina.

Era a hora em que Ernesto costumava ir lá.

— Então às cinco...
— Às cinco?... Sim, às cinco, concordou a moça.

O rapaz de nariz comprido agradeceu com um sorriso esta ratificação do seu tratado amoroso, e proferiu algumas palavras que a moça ouviu derretida e envergonhada, entre vaidosa e modesta. O que ele dizia era que Rosina não só era a flor do baile, mas também a flor da Rua do Conde, e não só a flor da Rua do Conde, mas também a flor da cidade inteira.

Isto era o que lhe dissera muitas vezes Ernesto; o rapaz de nariz comprido, entretanto, tinha uma maneira particular de elogiar uma moça. A graça, por exemplo, com que ele metia o dedo polegar da mão esquerda no bolso esquerdo do colete, brincando depois com os outros dedos como se tocasse piano, era de todo ponto inimitável; nem havia ninguém, pelo menos naquelas imediações, que tivesse mais elegância na maneira de arquear os braços, de concertar os cabelos, ou simplesmente de oferecer uma xícara de chá.

Tais foram os dotes que venceram o coração inconstante da graciosa Rosina. Só esses? Não. A simples circunstância de não ter Ernesto a interessante vestidura que ornava o corpo e realçava as graças do seu afortunado rival, pode já dar algumas luzes ao leitor de boa fé. Rosina ignorava sem dúvida a situação precária de Ernesto a respeito da casaca; mas sabia que ele ocupava um emprego somenos no arsenal de guerra, ao passo que o rapaz de nariz comprido tinha um bom lugar numa casa comercial.

Uma moça que professasse idéias filosóficas a respeito do amor e do casamento diria que os impulsos do coração estavam antes de tudo. Rosina não era inteiramente avessa aos impulsos do coração e à filosofia do amor; mas tinha ambição de figurar alguma cousa, morria por vestidos novos e espetáculos freqüentes, gostava enfim de viver à luz pública. Tudo isso podia dar-lhe, com o tempo, o rapaz de nariz comprido, que ela antevia já na direção da casa em que trabalhava; o Ernesto porém era difícil que passasse do lugar que tinha no arsenal, e em todo o caso não subiria muito nem depressa.

Pesados os merecimentos de um e de outro, quem perdia era o mísero Ernesto.

Rosina conhecia o novo candidato desde algumas semanas; mas só naquela noite tivera ocasião de o tratar de perto. de consolidar, digamos assim, a sua situação. As relações, até então puramente telegráficas, passaram a ser verbais; e se o leitor gosta de um estilo arrebicado e gongórico, dir-lhe-

— Eu passarei amanhã às seis horas da tarde.
(HISTÓRIAS DA MEIA-NOITE — Ernesto de tal, página 87)

-ei que tantos foram os telegramas trocados durante a noite entre eles, que os Estados vizinhos, receiosos de perder uma aliança provável, chamaram às armas a milícia dos agrados, mandaram sair a armada dos requebros, assestaram a artilharia dos olhos ternos, dos lenços na boca, e das expressões suavíssimas; mas toda essa leva de broquéis nenhum resultado deu porque a formosa Rosina, ao menos naquela noite, achava-se entregue a um só pensamento.

Quando acabou o baile, e Rosina entrou na sua alcova, viu um papelinho dobrado no toucador.

— Que é isto? disse ela.

Abriu: era a resposta à carta de Ernesto que ela se esquecera de mandar. Se alguém a tivesse lido? Não; não era natural. Dobrou a cartinha com muito cuidado, fechou-a com obreia, guardou-a numa gavetinha, dizendo consigo:

— É preciso mandá-la amanhã de manhã.

III

— Um palerma — é o que Rosina queria dizer quando defendeu a fidelidade de Ernesto, maliciosamente atacada pelas duas amigas.

Havia apenas três meses que Ernesto namorava a sobrinha de Vieira, que se carteava com ela, que protestavam um ao outro eterna fidelidade, e nesse curto espaço de tempo tinha já descoberto cinco ou seis mouros na costa. Nessas ocasiões fervia-lhe a cólera, e era capaz de deitar tudo abaixo. Mas a boa menina, com a sua varinha mágica, trazia o rapaz a bom caminho, escrevendo-lhe duas linhas ou dizendo-lhe quatro palavras de fogo. Ernesto confessava que tinha visto mal, e que ela era excessivamente misericordiosa para com ele.

— Merecia bem que eu o não amasse mais, observava Rosina com gracioso enfado.

— Oh! não!

— Para que há de inventar essas cousas?

— Eu não invento... disseram-me.

— Pois fez mal em acreditar.
— Fiz mal, sim... você é um anjo do céu!
Rosina perdoava-lhe a calúnia, e as cousas continuavam como dantes.

Um amigo a quem Ernesto confiava todas as suas alegrias e mágoas, a quem tomava por conselheiro e que era seu companheiro de casa, muitas vezes lhe dizia:
— Olha, Ernesto, eu creio que estás perdendo o teu trabalho.
— Como assim?
— Ela não gosta de ti.
— Impossível!
— Tu és apenas um passatempo.
— Enganas-te; ama-me.
— Mas ama também a outros muitos.
— Jorge!
— Em suma...
— Nem mais uma palavra!
— É uma namoradeira, concluía o amigo tranqüilamente

Ouvindo este peremptório juízo do amigo, Ernesto despedia um olhar longo e profundo, capaz de paralisar todos os movimentos conhecidos da mecânica; como porém o rosto do amigo não revelasse a menor impressão de temor ou arrependimento, Ernesto recolhia o olhar — mais cordato neste ponto que o senador D. Manuel, a quem o visconde de Jequitinhonha dizia um dia no senado que recolhesse um riso, e continuava a rir, — e tudo acabava em boa e santa paz.

Tal era a confiança de Ernesto na flor da Rua do Conde. Se ela lhe dissesse um dia que tinha na algibeira do vestido uma das torres da Candelária, não é certo, mas é muito provável que Ernesto lhe aceitasse a notícia.

Desta vez porém o arrufo era sério. Ernesto vira positivamente a moça receber uma cartinha, às furtadelas, da mão de uma espécie de primo que freqüentava a casa de Vieira Seus olhos faiscaram de raiva quando viram alvejar a misteriosa epístola nas mãos da moça. Fez um gesto de ameaça ao rapaz, lançou um olhar de desprezo à moça, e saiu. Depois escreveu a carta de que temos notícia, e foi esperar a

91

resposta na esquina da rua. Que resposta, se ele vira o gesto de Rosina? Leitor ingênuo, ele queria uma resposta que lhe demonstrasse não ter visto cousa alguma, uma resposta que o fizesse olhar para si mesmo com desprezo e nojo. Não achava possível semelhante explicação; mas no fundo d'alma era isso o que ele queria.

A resposta veio no dia seguinte. O rapaz que morava com ele foi acordá-lo às 8 horas da manhã, para lhe entregar uma cartinha de Rosina.

Ernesto deu um salto na cama, assentou-se, abriu a epístola, e leu-a rapidamente. Um ar de celeste bem-aventurança revelou ao companheiro de Ernesto o conteúdo da carta.

— Tudo está sanado, disse Ernesto fechando a carta e descendo da cama; ela explicou tudo; eu tinha visto mal.

— Ah! disse Jorge olhando com lástima para o amigo; então que diz ela?

Ernesto não respondeu imediatamente; abriu a carta outra vez, leu-a para si, tornou a fechá-la, olhou para o teto, para as chinelas, para o companheiro, e só depois desta série de gestos indicativos da profunda abstração do seu espírito, é que respondeu a Jorge, dizendo:

— Ela explica tudo; a carta que eu pensei ser de amores, era um bilhete do primo pedindo algum dinheiro ao tio. Diz que eu sou muito mau em obrigá-la a falar nestas fraquezas de família, e conclui jurando que me ama como nunca seria capaz de amar ninguém. Lê.

Jorge recebeu a carta e leu, enquanto Ernesto passeava de um para outro lado, gesticulando e monossilabando consigo mesmo, como se redigisse mentalmente um ato de contrição.

— Então? que tal? disse ele quando Jorge lhe entregou a carta.

— Tens razão, tudo se explica, respondeu Jorge.

Ernesto foi nessa mesma tarde à Rua do Conde. Ela recebeu-o com um sorriso logo de longe. Na primeira ocasião que tiveram, tudo ficou explicado, declarando-se Ernesto compungido por haver suspeitado de Rosina, e levando a moça a sua generosidade ao ponto de lhe ceder um beijo, ao lusco-

-fusco, antes que a criada viesse acender as velas de *spermaceti* dos aparadores.

Agora tem a palavra o leitor para interpelar-me a respeito das intenções desta moça, que preferindo a posição do rapaz de nariz comprido, ainda se carteava com Ernesto, e lhe dava todas as demonstrações de uma preferência que não existia.

As intenções de Rosina, leitor curioso, eram perfeitamente conjugais. Queria casar, e casar o melhor que pudesse. Para este fim aceitava a homenagem de todos os seus pretendentes, escolhendo lá consigo o que melhor correspondesse aos seus desejos, mas ainda assim sem desanimar os outros, porque o melhor deles podia falhar, e havia para ela uma cousa pior que casar mal, que era não casar absolutamente. Este era o programa da moça. Junte a isso que era naturalmente loureira, que gostava de trazer ao pé de si uma chusma de pretendentes, muitos dos quais é preciso saber que não pretendiam casar, e namoravam por passatempo, o que revelava da parte desses cavalheiros uma incurável vadiação de espírito.

Quem não tem cão, caça com o gato, diz o provérbio. Ernesto era pois, moral e conjugalmente falando, o gato possível de Rosina, uma espécie de *pis-aller*,[10] — como dizem os franceses, — que convinha ter à mão.

IV

O moço de nariz comprido não pertencia ao número dos namorados de arribação; seus intentos eram estritamente conjugais. Tinha vinte e seis anos, era laborioso, benquisto, econômico, singelo e sincero, um verdadeiro filho de Minas. Podia fazer a felicidade de uma moça.

A moça, pela sua parte, soubera insinuar-se tanto no espírito dele, que por pouco lhe fez perder o emprego. Um dia, chegando-se o patrão à escrivaninha em que ele trabalhava, viu um papelinho debaixo do tinteiro, e leu a palavra *amor*, duas ou três vezes repetida. Uma que fosse bastava para fazê-lo subir às nuvens. O Sr. Gomes Arruda contraiu as sobrancelhas, concentrou as idéias, e improvisou uma alocução extensa e ameaçadora, em que o mísero guarda-livros só percebeu a expressão *olho do rua*.

Olho da rua é uma expressão grave. O guarda-livros meditou nela, reconheceu a justiça do patrão, e tratou de emendar-se dos descuidos, não do amor. O amor ia-se enraizando nele cada vez mais; era a primeira paixão séria que o rapaz sentia, acrescendo que ele acertara logo de dar com uma mestra no ofício.

— Isto assim não pode continuar, pensava o rapaz de nariz comprido, coçando o queixo e caminhando uma noite para casa, o melhor é casar-me logo de uma vez. Com o que me dão lá em casa e o produto de alguma escrita por fora, creio que poderei ocorrer às despesas; o resto pertence a Deus.

Não tardou que Ernesto desconfiasse das intenções do rapaz de nariz comprido. Uma vez chegou a surpreender um olhar da moça e do rival. Enfadou-se, e na primeira ocasião que teve interpelou a namorada a respeito daquela circunstância equívoca.

— Confesse! dizia ele.

— Oh! meu Deus! exclamou a moça; você de tudo desconfia. Olhei para ele, sim, é verdade, mas olhei por sua causa.

— Por minha causa? perguntou Ernesto com um tom gelado de ironia.

— Sim, examinava-lhe a gravata, que é muito bonita, para dar uma a você no dia de Ano Bom. Agora que me obrigou a descobrir tudo, veja se me lembra outro mimo, porque esse já não serve.

Ernesto caiu em si; recordou que efetivamente havia no olhar da moça uma tal ou qual intenção dadival, se me permitem este adjetivo obsoleto; toda a sua cólera converteu-se num sorriso amável e contrito, e o arrufo não foi adiante.

Dias depois, era um domingo, estando ele e ela na sala, e um filho de Vieira à janela, foram os dois namorados interrompidos pelo pequeno que descera, gritando:

— Aí vem ele! aí vem ele!
— Ele quem? disse Ernesto sentindo esmigalhar-se-lhe o coração.

Chegou à janela: era o rival.

Apareceu a tempo a tia de Rosina; uma tempestade iminente já pairava na fronte afogueada de Ernesto.

Pouco depois entrou na sala o rapaz de nariz comprido, que, ao ver Ernesto, pareceu sorrir maliciosamente. Ernesto encordoou. Seus olhares, se fossem punhais, teriam cometido dois assassinatos naquele instante. Conteve-se, porém, para melhor observar os dois. Rosina não parecia prestar ao outro atenção de caráter especial; tratava-o com polidez apenas. Isto aquietou um pouco o ânimo revolto do Ernesto, que ao cabo de uma hora estava restituído à sua usual bem-aventurança.

Não reparou porém nos olhares desconfiados que o rapaz de nariz comprido lhe lançava de quando em quando. O sorriso malicioso desaparecera dos lábios do guarda-livros. A suspeita entrara-lhe no espírito ao ver a maneira indiferente, ou quase, com que o tratava Rosina, posto tratasse de igual modo ao outro pretendente.

— Será seriamente um rival? pensava o rapaz de nariz comprido.

Na primeira ocasião em que pôde trocar duas palavras com a namorada, sem testemunhas, o que foi logo no dia seguinte, manifestou a desconfiança que lhe escurecera o espírito até aqui tão cor-de-rosa. Rosina soltou uma risada, — uma dessas risadas que levam a convicção ao fundo d'alma. — a tal ponto que o rapaz de nariz comprido julgou de sua dignidade não insistir na absurda suspeita.

— Já lhe disse: ele bem vontade tem de que eu o namore, mas perde o tempo: eu só tenho uma cara e um coração.

— Oh! Rosina, tu és um anjo!
— Quem dera!
— Um anjo, sim, insistiu o rapaz de nariz comprido; e creio que posso chamar-te brevemente minha esposa.

Os olhos da moça faiscaram de contentamento.

— Sim, continuou o namorado; daqui a dois meses estaremos casados...

— Ah!

— Se todavia...

Rosina empalideceu.

— Todavia? repetiu ela.

— Se todavia, o Sr. Vieira consentir...

— Por que não, disse a moça tranqüilizando-se do susto que tivera; ele deseja a minha felicidade; e o casamento contigo é a minha felicidade maior. Ainda quando porém se oponha aos impulsos do meu coração, basta que eu queira para que os nossos desejos se realizem. Mas descansa; meu tio não porá obstáculos.

O rapaz de nariz comprido ficou ainda a olhar para a moça alguns minutos sem dizer palavra; admirava duas cousas: a força d'alma de Rosina e o amor que ela lhe dedicava. Quem rompeu o silêncio foi ela.

— Mas então daqui a dois meses?

— Só se a sorte me for adversa.

— E poderá sê-lo?

— Quem sabe? respondeu o rapaz de nariz comprido com um suspiro de dúvida.

Logo depois desta perspectiva de felicidade, a concha em que se pesavam as esperanças de Ernesto começou a subir um pouco. Ele via que Rosina efetivamente parecia ir diminuindo as cartas, e nas poucas que já então recebia dela, a paixão era menos intensa, a frase estudada, acanhada e fria. Quando estavam juntos havia menos intimidade expansiva; a presença dele parecia constrangê-la. Ernesto entrou seriamente a crer que a batalha estava perdida.

Infelizmente a tática deste namorado, era perguntar à própria moça se eram fundadas as suspeitas dele, ao que ela respondia vivamente que não, e isto bastava a restituir-lhe a paz do espírito. Não era longa nem profunda a quietação; o laconismo epistolar de Rosina, a frieza de seus modos, a presença do outro, tudo isso sombreava singularmente o espírito de Ernesto. Mas tão depressa caía no abismo do desespero,

Olho da rua é uma expressão grave.

(HISTÓRIAS DA MEIA-NOITE — Ernesto de tal, página 94)

como ascendia às regiões da celeste bem-aventurança, — mostrando assim o que a natureza queria que ele fosse, — alma inconsistente e passiva, — levada, como a folha, ao sabor de todos os ventos.

Entretanto, era difícil que a verdade não se lhe metesse pelos olhos. Um dia reparou que, além da suspeitosa afetuosidade de Rosina, havia da parte do tio certas atenções características para com o rival. Não se enganava; conquanto o novo pretendente ainda não houvesse pedido formalmente a mão da moça, era quase certo para o Sr. Vieira que nele se preparava novo sobrinho, e acertando de ser este um homem do comércio, não podia haver, na opinião do tio, mais feliz escolha.

Desisto de pintar os desesperos, os terrores, as imprecações de Ernesto no dia em que a certeza da derrota mais funda e de raiz se lhe cravou no coração. Já então lhe não bastou a negativa de Rosina, que aliás lhe pareceu frouxa, e efetivamente o era. O triste moço chegou a desconfiar que a amada e o rival estariam de acordo para mofar dele.

Como por via de regra, é da nossa miserável condição que o amor-próprio domine o simples amor, apenas aquela suspeita lhe pareceu provável, apoderou-se dele uma feroz indignação, e duvido que nenhum quinto ato de melodrama ostente maior soma de sangue derramado do que ele verteu na fantasia. Na fantasia, apenas, compassiva leitora, não só porque ele era incapaz de fazer mal a um seu semelhante, mas sobretudo porque repugnava à sua natureza achar uma resolução qualquer. Por esse motivo, depois de muito e longo cogitar, confiou todos os seus pesares e suspeitas ao companheiro de casa e pediu-lhe um conselho; Jorge deu-lhe dois.

— Minha opinião, disse Jorge, é que não te importes com ela e vás trabalhar, que é cousa mais séria.
— Nunca!
— Nunca trabalhar?
— Não; nunca esquecê-la.
— Bem, disse Jorge descalçando a bota do pé esquerdo, nesse caso vai ter com esse sujeito de quem desconfias e entende-te com ele.

— Aceito! exclamou Ernesto; é o melhor. Mas, continuou ele depois de refletir um instante, e se ele não for meu rival, que hei de fazer? como descobrir se há outro?

— Nesse caso, disse Jorge estendendo-se filosoficamente na marquesa, nesse caso o meu conselho é que tu, ele e ela vão todos para o diabo que os carregue.

Ernesto cerrou os ouvidos à blasfêmia, vestiu-se e saiu.

V

Apenas saiu à rua, embicou Ernesto para a casa em que trabalhava o rapaz de nariz comprido, resolvido a explicar--se de uma vez com ele. Hesitou alguma cousa, é verdade, e esteve a pique de arrepiar carreira; mas a crise era tão violenta que triunfou da frouxidão de ânimo, e vinte minutos depois chegava ele ao seu destino. Não entrou no escritório do rival; pôs-se a passear de um lado para outro, à espera que ele saísse, o que se verificou daí a três quartos de hora, três enfadonhos e mortais quartos de hora.

Ernesto aproximou-se *casualmente* do rival; cumprimentaram-se com um sorriso acanhado e amarelo, e ficaram alguns segundos a olhar um para o outro. Já o guarda-livros ia tirando o chapéu e despedindo-se, quando Ernesto lhe perguntou:

— Vai hoje à Rua do Conde?
— Talvez.
— A que horas?
— Não sei ainda. Por quê?
— Iríamos juntos. Eu vou às oito.

O rapaz de nariz comprido não respondeu.

— Para que lado vai agora? perguntou Ernesto depois de algum silêncio.

— Vou ao Passeio Público, se o senhor lá não for, respondeu resolutamente o rival.

Ernesto empalideceu.
— Quer assim fugir de mim?
— Sim, senhor.

— Pois eu não; desejo até que haja uma explicação entre nós. Espere... não me volte as costas. Saiba que eu também sou atrevido, menos de língua ainda que de mão. Vamos, dê-me o braço e caminhemos ao Passeio Público.

O rapaz de nariz comprido teve ímpetos de atracar-se com o rival e experimentar-lhe as forças; mas estavam numa rua comercial; todo o seu futuro voaria pelos ares. Preferiu dar-lhe as costas e seguir caminho. Executava já este plano, quando Ernesto lhe gritou:

— Venha cá, namorado sem ventura!

O pobre rapaz voltou-se rapidamente.

— Que diz o senhor? perguntou ele.

— Namorado sem ventura, repetiu Ernesto cravando os olhos no rosto do rival a ver se lhe descobria uma confissão qualquer.

— É singular, replicou o rapaz de nariz comprido, é singular que o senhor me chame namorado sem ventura, quando ninguém ignora a triste figura que tem feito para obter as boas graças de uma moça que é minha...

— Sua!

— Minha!

— Nossa direi eu...

— Senhor!

O rapaz de nariz comprido engatilhou um soco; a segurança e tranqüilidade com que Ernesto olhava para ele mudaram-lhe o curso das idéias. Falaria ele verdade? Essa moça, que tanto amor lhe jurava, com quem meditava casar dentro de pouco tempo, mas de quem alguma vez desconfiara, teria dado efetivamente àquele homem o direito de a chamar sua? Esta simples interrogação perturbou o espírito do rapaz, que esteve cerca de dois minutos a olhar mudamente para Ernesto, e este a olhar mudamente para ele.

— O que o senhor disse agora é muito grave; preciso de uma explicação.

— Peço-lhe explicação igual, respondeu Ernesto.

— Vamos ao Passeio Público.

Seguiram caminho, a princípio silenciosos, não só porque a situação os acanhava naturalmente, mas também porque cada um deles receiava ouvir uma cruel revelação. A conversa começou por monossílabos e frases truncadas, mas foi a pouco e pouco fazendo-se natural e correta. Tudo quanto os leitores sabem de um e outro foi ali exposto por ambos, e por ambos ouvido entre abatimento e cólera.

— Se tudo quanto o senhor diz é a expressão da verdade, observou o rapaz de nariz comprido descendo a Rua das Marrecas, a conclusão é que fomos enganados...

— Vilmente enganados, emendou Ernesto.

— Pela minha parte, tornou o primeiro, recebo com isto um grande golpe porque eu amava-a muito, e pretendia fazê-la minha esposa, o que sucederia breve. A minha boa fortuna fez com que o senhor me avisasse a tempo...

— Talvez me censurem o passo que dei; mas o resultado que vamos colher justifica tudo. Nem por isso creia que padeço menos... eu amava loucamente aquela moça!

Ernesto proferiu estas palavras tão de dentro, que elas repercutiram no coração do rival, e ambos ficaram algum tempo calados, a devorar consigo a dor e a humilhação. Ernesto rompeu o silêncio soltando um magoadíssimo suspiro, na ocasião em que entravam no Passeio. Só o guarda pôde ouvi-lo; o rapaz de nariz comprido ia revolvendo no espírito uma dúvida.

— Devo eu condenar tão ligeiramente aquela moça? perguntou ele a si mesmo; e não será este sujeito um pretendente vencido que, por semelhante meio, quer obter a minha neutralidade?

O rosto de Ernesto não parecia dar razão à conjectura do rival; todavia, como o lance era grave e cumpria não ir por aparências, o rapaz de nariz comprido abriu de novo o capítulo das revelações, no que foi acompanhado pelo rival. Todas elas iam concordando entre si; os incidentes e os gestos que um relembrava, tinham eco na memória do outro. O que porém decidiu tudo foi a apresentação de uma carta que cada um deles tinha casualmente no bolso. O texto de ambas mostrava que eram recentes; a expressão de ternura não era a mesma nas duas epístolas, porque Rosina, como sabemos, ia afrouxando o tom em relação a Ernesto; mas era

101

quanto bastava para dar ao rapaz de nariz comprido o golpe de misericórdia.

— Desprezemo-la, disse este, quando acabou de ler a carta do rival.

— Só isso? perguntou Ernesto; o simples desprezo será bastante?

— Que vingança tiraríamos dela? objetou o rapaz de nariz comprido. Ainda que alguma fosse possível, não seria digna de nós...

Calou-se; mas tocado de uma súbita idéia exclamou:

— Ah! lembra-me um meio!

— Qual?

— Mandemos-lhe uma carta de rompimento, mas uma carta de igual teor.

A idéia sorriu logo ao espírito de Ernesto, que parecia ainda mais humilhado que o outro, e ambos foram dali redigir a carta fatal.

No dia seguinte, logo depois do almoço, estava Rosina em casa muito sossegada, longe de esperar o golpe, e até forjando planos de futuro, que assentavam todos no rapaz de nariz comprido, quando o moleque lhe apareceu com duas cartas.

— Nhanhã Rosina, disse ele, esta carta é de sinhô Ernesto, e esta...

— Que é isso? disse a moça; os dois...

— Não, explicou o moleque; um estava na esquina de cima, outro na esquina de baixo.

E fazendo tinir no bolso alguns cobres que os dois rivais lhe haviam dado, o moleque deixou a senhora moça ler à vontade as duas missivas. A primeira que abriu foi a de Ernesto. Dizia assim: "Senhora! Hoje que tenho certeza da sua perfídia, certeza que já nada me pode arrancar do espírito, tomo a liberdade de lhe dizer que está livre e eu reabilitado. Basta de humilhações! Pude dar-lhe crédito enquanto lhe era possível enganar-me. Agora... Adeus para sempre!"

Rosina levantou os ombros ao ler esta carta. Abriu rapidamente a do rapaz de nariz comprido. E leu: "Senhora!

Hoje que tenho a certeza da sua perfídia, certeza que já nada me pode..."

Daqui para diante foi crescendo a surpresa. Ambos se despediam; ambos por igual teor. Logo, tinham descoberto tudo um ao outro. Não havia meio de reparar nada; tudo estava perdido!

Rosina não costumava chorar. Esfregava às vezes os olhos, para os fazer vermelhos, quando havia necessidade de mostrar a um namorado que se ressentia de alguma cousa. Desta vez porém chorou deveras; não de mágoa, mas de raiva. Triunfavam ambos os rivais; ambos lhe fugiam, e lhe davam de comum acordo o último golpe. Não havia resistir; entrou-lhe na alma o desespero. Por desgraça não havia no horizonte a mais ligeira vela. O primo a quem aludimos num dos capítulos anteriores, andava com idéias a respeito de outra moça, e idéias já conjugais. Ela mesma descuidara o seu sistema durante os últimos trinta dias deixando sem resposta alguns olhares interrogadores. Estava pois abandonada de Deus e dos homens.

Não; ainda lhe restava um recurso.

VI

Um mês depois daquele fatal desastre, estando Ernesto em casa a conversar com o companheiro e mais dois amigos, um dos quais era o rapaz de nariz comprido, ouviu bater palmas. Foi à escada; era o moleque da Rua Nova do Conde.

— Que me queres? disse ele com ar severo, suspeitando que o moleque viesse pedir-lhe dinheiro.

— Venho trazer isto, disse o moleque baixinho.

E tirou do bolso uma carta que entregou a Ernesto.

A primeira idéia de Ernesto foi recusar a carta e pôr o moleque a pontapés pela escada abaixo; mas o coração disse-lhe *uma cousa,* como ele mesmo confessou depois. Estendeu a mão, recebeu a carta, abriu-a e leu.

103

Dizia assim:

"Ainda uma vez curvo-me às tuas injustiças. Estou cansada de chorar. Não posso mais viver debaixo da ação de uma calúnia. Vem ou eu morro!"

Ernesto esfregou os olhos; não podia crer no que acabava de ler. Seria um novo ardil, ou a expressão da verdade? Ardil podia ser; mas Ernesto atentou bem e pareceu-lhe ver o sinal de uma lágrima. Evidentemente a moça chorara. Mas se chorara é porque padecia; e nesse caso...

Nestas e noutras reflexões gastou Ernesto cerca de oito a dez minutos. Não sabia que resolvesse. Acudir ao chamado de Rosina, era esquecer a perfídia com que ela se houve amando a outro em cujas mãos vira até uma carta sua. Mas não ir, podia ser contribuir para a morte de uma criatura que, ainda quando não tivesse sido amada por ele, merecia os seus sentimentos de humanidade.

— Diga que lá irei logo, respondeu enfim Ernesto.

Quando voltou para a sala trazia o rosto mudado. Os amigos repararam na mudança e procuraram descobrir-lhe a causa.

— Algum credor, dizia um.

— Não lhe trouxeram dinheiro, acrescentava outro.

— Namoro novo, opinava o companheiro de casa.

— É tudo isso talvez, respondeu Ernesto com um modo que queria ser alegre.

De tarde preparou-se Ernesto e dirigiu-se para a Rua Nova do Conde. Dez ou doze vezes parou, resolvido a voltar; mas um minuto de reflexão tirava-lhe os escrúpulos e o rapaz prosseguia em seu caminho.

— Há mistério nisto tudo, dizia ele consigo e relendo a carta de Rosina. É certo que ele me revelou tudo, e até me leu cartas; nisto não há que duvidar. Rosina é culpada; enganou-me; namorava a outro, dizendo-me que só me amava a mim. Mas por que esta carta? Se ela amava ao outro, por que lhe não escreve? Investiguemos tudo isto.

A última hesitação do digno rapaz foi ao entrar na Rua Nova do Conde; seu espírito vacilou dessa vez mais que nunca. Dez minutos gastou em passinhos ora para trás, ora para diante, sem assentar numa cousa definitiva. Afinal deitou o coração à larga e seguiu afoutamente a senda que o destino parecia indicar-lhe.

Quando chegou à casa de Vieira, estava Rosina na sala com a tia. A moça teve um movimento de alegria; mas, tanto quanto Ernesto pôde examinar-lhe as feições, a alegria não foi tal que pudesse disfarçar-lhe os sulcos das lágrimas. O que é certo é que um véu de melancolia parecia envolver os olhos travessos da bela Rosina. Nem já eram travessos; estavam desmaiados ou mortos.

— Oh! ali está a inocência! disse Ernesto consigo.

Ao mesmo tempo, envergonhado por esta opinião tão benevolente, e lembrando-se das revelações do rapaz de nariz comprido, Ernesto assumiu um ar severo e grave, menos de namorado que de juiz, menos de juiz que de algoz.

Rosina cravou os olhos no chão.

A tia da moça perguntou a Ernesto as causas da sua ausência tão prolongada. Ernesto alegou muito trabalho e alguma doença, as primeiras desculpas que ocorrem a todo o homem que não tem desculpa. Trocadas mais algumas palavras, saiu a tia da sala para ir dar umas ordens, tendo já ordenado disfarçadamente ao Juquinha que ficasse na sala. Juquinha porém trepou a uma cadeira e pôs-se à janela; os dois tiveram tempo para explicações.

A situação era esquerda; mas não se podia perder tempo. Bem o compreendeu Rosina, que rompeu logo nestas palavras:

— Não tem remorsos?

— De quê? perguntou Ernesto espantado.

— Do que me fez?

— Eu?

— Sim, abandonando-me sem uma explicação. A causa adivinho eu qual é; alguma nova suspeita, ou antes alguma calúnia...

— Nem calúnia, nem suspeita, disse Ernesto depois de um momento de silêncio; mas só verdade.

Rosina sufocou um grito; seus lábios pálidos e trêmulos quiseram murmurar alguma cousa, mas não puderam; dos olhos rebentaram-lhe duas grossas lágrimas. Ernesto não podia vê-la chorar; por mais cheio de razões que estivesse, em vendo lágrimas, curvava-se logo e pedia-lhe perdão. Desta vez porém era impossível que tão depressa voltasse ao antigo estado. As revelações do rival estavam ainda frescas na memória. Curvou-se, entretanto, para a moça e pediu-lhe que não chorasse.

— Que não chore! disse ela com voz lacrimosa. Pede-me que não chore quando eu vejo fugir-me a felicidade das mãos, sem ao menos merecer a sua estima, porque o senhor despreza-me; sem ao menos saber o que é essa calúnia para desmenti-la ou desmascará-la...

— É capaz disso? perguntou Ernesto com fogo. É capaz de confundir a calúnia?

— Sou, disse ela com um magnífico gesto de dignidade.

Ernesto expôs em resumo a conversa que tivera com o rapaz de nariz comprido, e concluiu dizendo que vira uma carta dela. Rosina ouviu calada a narração; tinha o peito ofegante; sentia-se a comoção que a dominava. Quando ele acabou, soltou uma torrente de lágrimas.

— Meu Deus! disse baixinho Ernesto, podem ouvi-la.

— Não importa, exclamou a moça; estou disposta a tudo...

— Diga-me, pode negar o que lhe acabo de contar?

— Tudo, não; alguma cousa é verdade, respondeu ela com voz triste.

— Ah!

— A promessa de casamento é mentira; não houve mais que duas cartas, duas apenas, e isso... por sua culpa...

— Por minha culpa! exclamou Ernesto tão assombrado como se acabasse de ver um dos castiçais a dançar.

— Sim, repetiu ela, por sua culpa. Não se lembra? Tinha-se arrufado uma vez comigo, e eu... foi uma loucura... para metê-lo em brios, para vingar-me... que loucura!... correspondi ao namoro daquele indivíduo sem educação... foi demência minha, bem vejo... Mas que quer? eu estava despeitada...

Ernesto não podia vê-la chorar.

(HISTÓRIAS DA MEIA-NOITE — Ernesto de tal, página 106)

A alma de Ernesto ficou fortemente abalada com esta exposição que a moça lhe fazia dos acontecimentos. Era claro para ele que Rosina negaria tudo, se o seu procedimento tivesse alguma intenção má; a carta, diria que era imitação da sua letra. Mas não; ela confessava tudo com a mais nobre e rude singeleza deste mundo; somente, — e nisto estava a chave da situação, — a moça explicava a que impulsos de despeito cedera, mostrando assim, se podemos comparar o coração a um pastel, debaixo do invólucro da leviandade a nata do amor.

Decorreram alguns segundos de silêncio, em que a moça tinha os olhos pregados no chão, na mais triste e melancólica atitude que jamais teve uma donzela arrependida.

— Mas não viu que esse ato de loucura podia causar a minha morte? disse Ernesto.

Rosina estremeceu ouvindo estas palavras que Ernesto lhe disse com a voz mais doce dos seus antigos dias; levantou os olhos para ele e tornou a pousá-los no chão.

— Se eu tivesse refletido nisso, observou ela, não faria nada do que fiz.

— Tem razão, ia dizendo Ernesto, mas levado de um mau espírito de vingança entendeu que a leviandade da moça devia ser punida com alguns minutos mais de dúvida e recriminação.

A moça ouviu ainda muitas cousas que lhe disse Ernesto, e a todas respondeu com um ar tão contrito e palavras tão repassadas de amargura, que o nosso namorado sentiu quase rebentarem-lhe as lágrimas dos olhos. Os de Rosina estavam já mais tranqüilos, e a limpidez começava a tomar o lugar da sombra melancólica. A situação era quase a mesma de algumas semanas antes; faltava só consolidá-la com o tempo. Entretanto, disse Rosina:

— Não pense que lhe peço mais do que me cumpre. Meu procedimento alguma punição há de ter, e eu estou perfeitamente resignada. Pedi-lhe que viesse aqui a fim de me explicar o seu silêncio; pela minha parte expliquei-lhe o meu desvario. Não posso ambicionar mais...

— Não pode?...

— Não. Meu fim era não desmerecer a sua estima.
— E por que não o meu amor? perguntou Ernesto. Parece-lhe que o coração possa apagar de repente, e por simples esforço de vontade, a chama de que viveu longos dias?
— Oh! isso é impossível! respondeu a moça; e pela minha parte sei o que vou padecer...
— Demais, disse Ernesto, o culpado de tudo fui eu, francamente o confesso. Ambos nós temos que perdoar um a outro; perdôo-lhe a leviandade; perdoa-me o fatal arrufo?

Rosina, a menos de ter um coração de bronze, não podia deixar de conceder o perdão que o namorado lhe pedia. Foi recíproca a generosidade. Como na volta do filho pródigo, as duas almas festejaram aquela renascença da felicidade, e amaram-se com mais força que nunca.

Três meses depois, dia por dia, foi celebrado na igreja de S. Ana, que era então no Campo da Aclamação, o consórcio dos dois namorados. A noiva estava radiante de ventura; o noivo parecia respirar os ares do paraíso celeste. O tio de Rosina deu um sarau a que compareceram os amigos de Ernesto, exceto o rapaz de nariz comprido.

Não quer isto dizer que a amizade dos dois viesse a esfriar. Pelo contrário, o rival de Ernesto revelou certa magnanimidade, apertando ainda mais os laços que o prendiam desde a singular circunstância que os aproximou. Houve mais; dois anos depois do casamento de Ernesto, vemos os dois associados num armarinho, reinando entre ambos a mais serena intimidade. O rapaz de nariz comprido é padrinho de um filho de Ernesto.

— Por que não te casas? pergunta Ernesto às vezes ao seu sócio, amigo e compadre.

— Nada, meu amigo, responde o outro, eu já agora morro solteiro.

AURORA SEM DIA

Naquele tempo contava Luís Tinoco vinte e um anos. Era um rapaz de estatura meã, olhos vivos, cabelos em desordem, língua inesgotável e paixões impetuosas. Exercia um modesto emprego no foro, donde tirava o parco sustento, e morava com o padrinho cujos meios de subsistência consistiam no ordenado da sua aposentadoria. Tinoco estimava o velho Anastácio e este tinha ao afilhado igual afeição.

Luís Tinoco possuía a convicção de que estava fadado para grandes destinos, e foi esse durante muito tempo o maior obstáculo da sua existência. No tempo em que o Dr. Lemos o conheceu começava a arder-lhe a chama poética. Não se sabe como começou aquilo. Naturalmente os louros alheios entraram a tirar-lhe o sono. O certo é que um dia de manhã acordou Luís Tinoco escritor e poeta; a inspiração, flor abotoada ainda na véspera, amanheceu pomposa e viçosa. O rapaz atirou-se ao papel com ardor e perseverança, e entre as seis horas e as nove, quando o foram chamar para almoçar, tinha produzido um soneto, cujo principal defeito era ter cinco versos com sílabas de mais e outros cinco com sílabas de menos. Tinoco levou a produção ao *Correio Mercantil*, que a publicou entre os *apedidos*.

Mal dormida, entremeada de sonhos interruptos, de sobressaltos e ânsias, foi a noute que precedeu a publicação. A aurora raiou enfim, e Luís Tinoco, apesar de pouco madrugador, levantou-se com o sol e foi ler o soneto impresso. Nenhuma mãe contemplou o filho recém-nascido com mais amor do que o rapaz leu e releu a produção poética, aliás decorada desde a véspera. Afigurou-se-lhe que todos os leitores do *Correio Mercantil* estavam fazendo o mesmo; e que cada um admirava a recente revelação literária, indagando de quem seria esse nome até então desconhecido. Não dormiu sobre os louros imaginários. Daí a dois dias, nova composição, e desta vez saiu uma longa ode sentimental em que o poeta se queixava à lua do desprezo em que o deixara a amada, e já entrevia no futuro a morte melancólica de Gilbert. Não podendo fazer despesas, alcançou, por intermédio de um amigo, que a poesia fosse impressa de graça, motivo este que retardou a publicação por alguns dias. Luís Tinoco tragou a custo a demora, e não sei se chegou a suspeitar de inveja os redatores do *Correio Mercantil*. A poesia saiu enfim; e tal contentamento produziu no poeta que foi logo fazer ao padrinho a grande revelação.

— Leu hoje o *Correio Mercantil*, meu padrinho? perguntou ele.

— Homem, tu sabes que eu só lia os jornais no tempo em que era empregado efetivo. Desde que me aposentei não li mais os periódicos...

— Pois é pena! disse Tinoco com ar frio; queria que me dissesse o que pensa de uns versos que lá vêm.

— E de mais a mais versos! Os jornais já não falam de política? No meu tempo não falavam de outra cousa.

— Falam de política e publicam versos, porque ambas as cousas têm entrada na imprensa. Quer ler os versos?

— Dá cá.

— Aqui estão.

O poeta puxou da algibeira o *Correio Mercantil*, e o velho Anastácio entrou a ler para si a obra do afilhado. Com os olhos pregados no padrinho, Luís Tinoco parecia querer adivinhar as impressões que produziam nele os seus elevados conceitos, metrificados com todas as liberdades possíveis e impossíveis do consoante. Anastácio acabou de ler os versos e fez com a boca um gesto de enfado.

— Isto não tem graça, disse ele ao afilhado estupefato; que diabo tem a lua com a indiferença dessa moça, e a que vem aqui a morte deste estrangeiro?

Luís Tinoco teve vontade de descompor o padrinho, mas limitou-se a atirar os cabelos para trás e a dizer com supremo desdém:

— São cousas de poesia que nem todos entendem; esses versos *sem graça,* são meus.

— Teus? perguntou Anastácio no cúmulo do espanto.

— Sim, senhor.

— Pois tu fazes versos?

— Assim dizem.

— Mas quem te ensinou a fazer versos?

— Isto não se aprende; traz-se do berço.

Anastácio leu outra vez os versos, e só então reparou na assinatura do afilhado. Não havia que duvidar: o rapaz dera em poeta. Para o velho aposentado era isto uma grande desgraça. Esse, ligava à idéia de poeta a idéia da mendicidade. Tinham-lhe pintado Camões e Bocage, que eram os nomes literários que ele conhecia, como dois improvisadores de esquina, espeitorando sonetos em troca de algumas moedas, dormindo nos adros das igrejas e comendo nas cocheiras das casas grandes. Quando soube que o seu querido Luís estava atacado da terrível moléstia, Anastácio ficou triste, e foi nessa ocasião que se encontrou com o Dr. Lemos e lhe deu notícia da gravíssima situação do afilhado.

— Dou-lhe parte de que o Luís está poeta.

— Sim? perguntou-lhe o Dr. Lemos. E que tal lhe saiu o poeta?

— Não me importa se saiu mau ou bom. O que sei é que é a maior desgraça que lhe podia acontecer, porque isto de poesia não dá nada de si. Tenho medo que deixe o emprego. e fique aí pelas esquinas a falar à lua, cercado de moleques.

O Dr. Lemos tranqüilizou o homem dizendo-lhe que os poetas não eram esses vadios que ele imaginava; mostrou-lhe que a poesia não era obstáculo para andar como os outros, para ser deputado, ministro ou diplomata.

Não dormiu sobre os louros imaginários.

(HISTÓRIAS DA MEIA-NOITE — Aurora sem dia, página 111)

— No entanto, disse o Dr. Lemos, desejarei falar ao Luís; quero ver o que ele tem feito, porque como eu também fui outrora um pouco versejador, posso já saber se o rapaz dá de si.

Luís Tinoco foi ter com ele; levou-lhe o soneto e a ode impressos, e mais algumas produções não publicadas. Estas orçavam pela ode ou pelo soneto. Imagens safadas, expressões comuns, frouxo alento e nenhuma arte; apesar de tudo isso, havia de quando em quando algum lampejo que indicava da parte do neófito propensão para o mister; podia ser ao cabo de algum tempo um excelente trovador de salas.

O Dr. Lemos disse-lhe com franqueza, que a poesia era uma arte difícil e que pedia longo estudo; mas que, a querer cultivá-la a todo o transe, devia ouvir alguns conselhos necessários.

— Sim, respondeu ele, pode lembrar alguma cousa; eu não me nego a aceitar-lhe o que me parecer bom, tanto mais que eu fiz estes versos muito à pressa e não tive ocasião de os emendar.

— Não me parecem bons estes versos, disse o Dr. Lemos; poderia rasgá-los e estudar antes algum tempo.

Não é possível descrever o gesto de soberbo desdém, com que Luís Tinoco arrancou os versos ao doutor e lhe disse:

— Os seus conselhos valem tanto como a opinião de meu padrinho. Poesia não se aprende; traz-se do berço. Eu não dou atenção a invejosos. Se os versos não fossem bons, o *Mercantil* não os publicava.

E saiu.

Daí em diante foi impossível ter-lhe mão. Tinoco entrou a escrever como quem se despedia da vida. Os jornais andavam cheios de produções suas, umas tristes, outras alegres. não daquela tristeza nem daquela alegria que vem direitamente do coração, mas de uma tristeza que fazia sorrir, e de uma alegria que fazia bocejar. Luís Tinoco confessava singelamente ao mundo que fora invadido do cepticismo byroniano, que tragara até às fezes a taça do infortúnio, e que para ele a vida tinha escrita na porta a inscrição dantesca.[11] A inscrição era citada com as próprias palavras do poeta, sem que aliás Luís Tinoco o tivesse lido nunca. Ele respigava nas alheias produções uma coleção de alusões e nomes literários, com que fazia as despesas de sua erudição, e não lhe era preciso, por exemplo, ter lido Shakspeare para falar do *to be or not to be,* do balcão de Julieta e das torturas de Otelo. Tinha a respeito de biografias ilustres noções extremamente singulares. Uma vez, agastando-se com a sua amada, — pessoa que ainda não existia, — aconteceu-lhe dizer que o clima fluminense podia produzir monstros daquela espécie, do mesmo modo que o sol italiano dourara os cabelos da menina Aspásia. Lera casualmente alguns dos salmos do padre Caldas, e achou-os soporíferos; falava mais benevolamente da *Morte de Lindóia,* nome que ele dava ao poema de J. Basílio da Gama, de que só conhecia quatro versos.

Ao cabo de cinco meses tinha Luís Tinoco produzido uma quantia razoável de versos, e podia, mediante muitos claros e páginas em branco, dar um volume de cento e oitenta páginas. A idéia de imprimir um livro sorriu-lhe; e daí a pouco era raro passar por uma loja sem ver no mostrador um prospecto assim concebido:

GOIVOS E CAMÉLIAS

POR

LUÍS TINOCO

Um volume de 200 páginas .... 2$000 rs.

O Dr. Lemos encontrou-o algumas vezes na rua. Andava com o ar inspirado de todos os poetas novéis que se supõem apóstolos e mártires. Cabeça alta, olhos vagos, cabelos grandes e caídos; algumas vezes abotoava o paletó e punha a mão ao peito por ter visto assim um retrato de Guizot;[12] outras vezes andava com as mãos para trás.

O Dr. Lemos falou-lhe a terceira vez que o viu assim, porque das duas primeiras o rapaz esquivou-se por modo que não pôde deter-lhe o passo. Fez-lhe alguns elogios às suas produções. Expandiu-se-lhe o rosto:

— Obrigado, disse ele; esses elogios são o melhor prêmio das minhas fadigas. O povo não está preparado para a poesia: as pessoas inteligentes, como o doutor, podem julgar do merecimento dos outros. Leu a minha *Flor pálida?*
— Uns versos publicados no domingo?
— Sim.
— Li; são galantíssimos.
— E sentimentais. Fiz aquela poesia em meia hora, e não emendei nada. Acontece-me isso muita vez. Que lhe parecem aqueles esdrúxulos?
— Acho-os esdrúxulos.
— São excelentes. Agora vou levar algumas estrofes que compus ontem. Intitulam-se *À beira de um túmulo*.
— Ah!
— Já assinou o meu livro?
— Ainda não.
— Nem assine. Quero dar-lhe um volume. Sai brevemente. Estou recolhendo as assinaturas. *Goivos e Camélias*; que lhe parece o título?
— Magnífico.
— Achei-o de repente. Lembraram-me outros, mas eram comuns. *Goivos e Camélias,* parece que é um título distinto e original; é o mesmo que se dissesse: tristezas e alegrias.
— Justamente.

Durante esse tempo, ia o poeta tirando do bolso uma aluvião de papéis. Procurava as estrofes de que falara. O Dr. Lemos quis esquivar-se, mas o homem era implacável; segurou-lhe no braço. Ameaçado de ouvir ler os versos na rua, o doutor convidou o poeta a ir jantar com ele.

Foram a um hotel próximo.

— Ah! meu amigo, dizia ele em caminho; não imagina quantos invejosos andam a denegrir o meu nome. O meu talento tem sido o alvo de mil ataques; mas eu já estava disposto a isto. Não me espanto. A enxerga de Camões é um exemplo e uma consolação. Prometeu, atado ao Cáucaso, é o emblema do gênio. A posteridade é a vingança dos que sofrem os desdéns do seu tempo.

No hotel procurou o Dr. Lemos um lugar mais afastado, onde não chamassem muito a atenção das outras pessoas.

— Aqui estão as estrofes, disse Luís Tinoco conseguindo arrancar de um maço de papéis a poesia anunciada.

— Não lhe parece melhor lê-las à sobremesa?

— Como quiser, respondeu ele; tem razão, porque eu também estou com fome.

Luís Tinoco era todo prosa à mesa do jantar; comeu desencadernadamente.

— Não repare, dizia ele de quando em quando; isto é o animal que se está alimentando. O espírito aqui não tem culpa nenhuma.

À sobremesa, estando na sala apenas uns cinco fregueses, desdobrou Luís Tinoco o fatal papel e leu as anunciadas estrofes, com uma melopéia afetada e perfeitamente ridícula. Os versos falavam de tudo, da morte e da vida, das flores e dos vermes, dos amores e dos ódios; havia mais de oito *cyprestes*, cerca de vinte *lagrymas,* e mais *túmulos* do que um verdadeiro cemitério.

Os cinco fregueses jantantes voltaram a cabeça, quando Luís Tinoco começou a recitar os versos; depois começaram a sorrir e a murmurar alguma cousa que os dois não puderam ouvir. Quando o poeta acabou, um dos circunstantes, assaz grosseiro, soltou uma gargalhada. Luís Tinoco voltou-se enfurecido, mas o Dr. Lemos conteve-o dizendo:

— Não é conosco.

— É, meu amigo, disse ele resignado; mas que lhe havemos de fazer? quem entende a poesia para a respeitar em toda a parte?

— Deixemos este lugar, disse o Dr. Lemos; aqui não compreendem o que é um poeta.

— Vamos!

O Dr. Lemos pagou a conta e saiu atrás de Luís Tinoco, que deitou ao rideiro um olhar de desafio.

Luís Tinoco acompanhou-o até a casa. Recitou-lhe em caminho alguns versos que sabia de cor. Quando ele se entregava à poesia, não à alheia, que o não preocupava muito, mas à própria, podia-se dizer que tudo mais se lhe apagava da memória; bastava-lhe a contemplação de si mesmo. O Dr. Lemos ia ouvindo calado com a resignação de quem suporta a chuva, que não pode impedir.

Pouco tempo depois saíram a lume os *Goivos e Camélias,* que todos os jornais prometeram analisar mais de espaço. Dizia o poeta no prólogo da obra, que era audácia da sua parte "vir assentar-se na mesa da comunhão da poesia, mas que todo aquele que sentia dentro de si o *j'ai quelque chose lá,*[13] de André Chenier, devia dar à pátria aquilo que a natureza lhe deu". Em seguida pedia desculpa para os seus verdes anos, e afirmava ao público que não tinha sido "embalado em berços de seda". Concluía dando a bênção ao livro e chamando a atenção para a lista dos assinantes que vinha no fim.

Esta obra monumental passou despercebida no meio da indiferença geral. Apenas um folhetinista do tempo escreveu a respeito dela algumas linhas que fizeram rir a toda a gente, menos o autor, que foi agradecer ao folhetinista.

O Dr. Lemos perdeu de vista o seu poeta durante algum tempo. Digo mal; só perdeu de vista o homem, porque o poeta de quando em quando lhe aparecia metido em alguma produção literária, que o Dr. Lemos invariavelmente lia para se benzer da estéril pertinácia de Luís Tinoco. Não havia ocasião, enterro ou espetáculo solene, que escapasse à inspiração do fecundo escritor. Como o número de suas idéias fosse mui limitado, podia-se dizer que ele só havia escrito um necrológio, uma elegia, uma ode ou uma congratulação. Os diferentes exemplares de cada uma destas cousas eram a mesma cousa dita por outro modo. O modo porém constituía a originalidade do poeta, originalidade que ele não teve a princípio, mas que se desenvolveu muito com o tempo.

Infelizmente enquanto se entregava com ardor às lides literárias, esquecia-se o poeta das lides forenses, donde lhe vinha o pão. Anastácio queixou-se um dia desta desgraça ao Dr. Lemos, numa carta que acabava assim: "Não sei, meu amigo Sr. Lemos, aonde irá parar este rapaz. Não lhe vejo outra conclusão: hospício ou xadrez."

O Dr. Lemos mandou chamar o poeta. Elogiou-lhe as suas obras com o fim de lhe dispor o espírito a ouvir o que ia dizer. O rapaz expandiu-se.

— Ainda bem que eu ouço de quando em quando alguma voz animadora, disse ele; não sabe o que tem sido a inveja a meu respeito. Mas que importa? Tenho confiança no futuro; o que me vinga é a posteridade.

— Tem razão, a posteridade é que vinga das maroteiras contemporâneas.

— Li há dias num papelucho, que eu era um alinhavador de ninharias. Percebi a intenção. Acusava-me de não meter ombros a obra de mais largo fôlego. Vou desmentir o papelucho: estou escrevendo um poema épico!

— Ai! disse o Dr. Lemos consigo, adivinhando alguma leitura forçada de poema.

— Podia mostrar-lhe alguma cousa, continuou Luís Tinoco, mas prefiro que leia a obra quando estiver mais adiantada.

— Muito bem.

— Tem dez cantos, cerca de 10.000 versos. Mas quer saber a minha desgraça?

— Qual é?

— Estou apaixonado...

— Realmente, é uma desgraça na sua posição.

— Que tem a minha posição?

— Creio que não é excelente. Dizem-me que se tem descuidado um pouco das suas obrigações do foro, e que brevemente lhe vão tirar o emprego.

— Fui despedido ontem.

— Já?

— É verdade. Se ouvisse o discurso com que eu respondi ao escrivão, diante de toda a gente que enchia o cartório! Vinguei-me.

— Mas... de que viverá agora? seu padrinho não pode, creio eu, com o peso da casa.

— Deus me ajudará. Não tenho eu uma pena na mão? Não recebi do berço um tal ou qual engenho, que já tem dado alguma cousa de si? Até agora nenhum lucro tentei tirar das

119

minhas obras; mas era só amador. Daqui em diante o caso muda de figura; é necessário ganhar o pão, ganharei o pão. A convicção com que Luís Tinoco dizia estas palavras, entristeceu o amigo do padrinho. O Dr. Lemos contemplou durante alguns segundos, — com inveja, talvez, — aquele sonhador incorrigível, tão desapegado da realidade da vida, acreditando não só nos seus grandes destinos, mas também na verossimilhança de fazer da sua pena uma enxada.

— Oh! deixe estar! continuou Luís Tinoco; eu hei de provar-lhes, ao senhor e a meu padrinho, que não sou tão inútil como lhes pareço. Não me falta coragem, doutor; quando me faltasse, há uma estrela...

Luís Tinoco calou-se, retorceu o bigode, e olhou melancolicamente para o céu. O Dr. Lemos também olhou para o céu, mas sem melancolia, e perguntou rindo:

— Uma estrela? Ao meio-dia é raro...

— Oh! não falo dessas, interrompeu Luís Tinoco; lá é que ela devia estar, ali no espaço azul, entre as outras suas irmãs, mais velhas do que ela e menos formosas...

— Uma moça!

— Uma moça, é pouco; diga a mais gentil criatura que o sol ainda alumiou, uma sílfide, a minha Beatriz, a minha Julieta, a minha Laura...

— Escusa dizê-lo; deve ser muito formosa se fez apaixonar um poeta.

— Meu amigo, o senhor é um grande homem; Laura é um anjo, e eu adoro-a...

— E ela?

— Ela ignora talvez que eu me consumo.

— Isso é mau!

— Que quer? disse Luís Tinoco enxugando com o lenço uma lágrima imaginária; é fado dos poetas arderem por cousas que não podem obter. É esse o pensamento de uns versos que escrevi há oito dias. Publiquei-os no *Caramanchão Literário*.

— Que diacho é isso?

— É a minha folha, que eu lhe mando de quinze em quinze dias... E diz que lê as minhas obras!

— Uma moça!

(HISTÓRIAS DA MEIA-NOITE — Aurora sem dia, página 120)

— As obras leio... Agora os títulos podem escapar. Vamos porém ao que importa. Ninguém lhe contesta talento nem inspiração fecunda; mas o senhor ilude-se pensando que pode viver dos versos e dos artigos literários... Note que os seus versos e os seus artigos são muito superiores ao entendimento popular, e por isso devem ter muito menos aceitação... Este desenganar com as mãos cheias de rosas, produziu salutar efeito no ânimo de Luís Tinoco; o poeta não pôde sofrear um sorriso de satisfação e bem-aventurança. O amigo do padrinho concluiu o seu discurso oferecendo-lhe um lugar de escrevente em casa de um advogado. Luís Tinoco olhou para ele algum tempo sem dizer palavra. Depois:

— Volto ao foro, não? disse ele com a mais melancólica resignação deste mundo. Minha inspiração deve descer outra vez a empoeirar-se nos libelos, a aturar os rábulas, a engrolar o vocabulário da chicana! E a troco de quê? A troco de uns magros mil-réis, que eu não tenho e me são necessários para viver. Isto é sociedade, doutor?

— Má sociedade, se lhe parece, respondeu o Dr. Lemos com doçura, mas não há outra à mão, e a menos de não estar disposto a reformá-la, não tem outro recurso senão tolerá-la e viver.

O poeta deu alguns passos na sala; no fim de dois minutos estendeu a mão ao amigo.

— Obrigado, disse ele, aceito; vejo que trata de meus interesses, sem desconhecer que me oferece um exílio.

— Um exílio e um ordenado, emendou o Dr. Lemos.

Daí a dias estava o poeta a copiar razões de embargos e de apelação, a lastimar-se, a maldizer da fortuna, sem adivinhar que daquele emprego devia nascer uma mudança nas suas aspirações. O Dr. Lemos não lhe falou durante cinco meses. Um dia encontraram-se na rua. Perguntou-lhe pelo poema.

— Está parado, respondeu Luís Tinoco.
— Deixa-o de mão?
— Concluí-lo-ei quando tiver tempo.
— E a folha?

122

— Deve saber que acabei com ela; não lha mando há muito tempo.

— É verdade, mas podia ser um esquecimento. Muito me conta! Então acabou o *Caramanchão Literário?*

— Deixei-o morrer no melhor período de vitalidade: tinha oitenta assinantes pagantes...

— Mas então abandona as letras?

— Não, mas... Adeus.

— Adeus.

Pareceu simples tudo aquilo; mas tendo-se ganho alguma cousa, que era empregá-lo, o Dr. Lemos deixou que o próprio poeta lhe fosse anunciar a causa do seu sono literário. Seria o namoro de Laura?

Esta Laura, preciso é que se diga, não era Laura, era simplesmente Inocência; o poeta chamava-lhe Laura nos seus versos, nome que lhe parecia mais doce, e efetivamente o era. Até que ponto existiu esse namoro, e em que proporções correspondeu a moça à chama do rapaz? A história não conservou muita informação a este respeito. O que se sabe com certeza é que um dia apareceu um rival no horizonte, tão poeta como o padrinho de Luís Tinoco, elemento muito mais conjugal do que o redator do *Caramanchão Literário,* e que de um só lance lhe derrubou todas as esperanças.

Não é preciso dizer ao leitor que este acontecimento enriqueceu a literatura com uma extensa e chorosa elegia, em que Luís Tinoco metrificou todas as queixas que pode ter de uma mulher um namorado traído. Esta obra tinha por epígrafe o *nessun maggior dolore*[14] do poeta florentino. Quando ele a acabou e emendou, releu-a em voz alta, passeando na alcova, deu o último apuro a um ou outro verso, admirou a harmonia de muitos, e singelamente confessou de si para si que era a sua melhor produção. O *Caramanchão Literário* ainda existia; Luís Tinoco apressou-se a levar o escrito ao prelo, não sem o ler aos seus colaboradores, cuja opinião foi idêntica à dele. Apesar da dor que o devia consumir, o poeta leu as provas com o maior desvelo e escrúpulo, assistiu à impressão dos primeiros exemplares da folha, e durante muitos dias releu os versos até cansar. Do que ele menos se lembrava era da perfídia que os inspirou.

Esta porém não era a razão do sono literário de Luís Tinoco. A razão era puramente política. O advogado, cujo escrevente ele era, tinha sido deputado e colaborava numa gazeta política. O seu escritório era um centro, onde iam ter muitos homens públicos e se conversava largamente dos partidos e do governo. Luís Tinoco ouviu a princípio essas conversas com a indiferença de um deus envolvido no manto da sua imortalidade. Mas a pouco e pouco foi adquirindo gosto ao que ouvia. Já lia os discursos parlamentares e os artigos de polêmica. Da atenção passou rapidamente ao entusiasmo, porque naquele rapaz tudo era extremo, entusiasmo ou indiferença. Um dia levantou-se com a convicção de que os seus destinos eram políticos.

— A minha carreira literária está feita, disse ele ao Dr. Lemos quando falaram nisto; agora outro campo me chama.

— A política? Parece-lhe que é essa a sua vocação?

— Parece-me que posso fazer alguma cousa.

— Vejo que é modesto, e não duvido que alguma voz interior o esteja convidando a queimar as suas asas de poeta. Mas, cuidado! Há de ter lido Macbeth... Cuidado com a voz das feiticeiras, meu amigo. Há no senhor demasiado sentimento, muita susceptibilidade, e não me parece que...

— Estou disposto a acudir à voz do destino, interrompeu impetuosamente Luís Tinoco. A política chama-me ao seu campo; não posso, não devo, não quero cerrar-lhe os ouvidos. Não! as opressões do poder, as baionetas dos governos imorais e corrompidos, não podem desviar uma grande convicção do caminho que ela mesma escolheu. Sinto que sou chamado pela voz da verdade. Quem foge à voz da verdade? Os covardes e os ineptos. Não sou inepto nem covarde.

Tal foi a estréia oratória com que ele brindou o Dr. Lemos numa esquina onde felizmente não passava ninguém.

— Só lhe peço uma cousa, disse o ex-poeta.

— O que é?

— Recomende-me ao doutor. Quero acompanhá-lo, e ser seu protegido; é o meu desejo.

O Dr. Lemos cedeu ao desejo de Luís Tinoco. Foi ter com o advogado e recomendou-lhe o escrevente, não com muita solicitude mas também sem excessiva frieza. Felizmente o advogado era uma espécie de S. Francisco Xavier do partido, desejoso como ninguém de aumentar o pessoal militante; recebeu a recomendação com a melhor cara do mundo, e, logo no dia seguinte, disse algumas palavras benévolas ao escrevente, que as ouviu trêmulo de comoção.

— Escreva alguma cousa, disse o advogado, e traga-me para ver se lhe achamos propensão.

Não foi preciso dizer-lho duas vezes. Dois dias depois, levou o ex-poeta ao seu protetor um artigo extenso e difuso, mas cheio de entusiasmo e fé. O advogado achou defeitos no trabalho; apontou-lhe demasias e nebulosidades, frouxidão de argumentos, mais ornamentação que solidez; todavia prometeu publicá-lo. Ou fosse porque lhe fizesse estas observações com muito jeito e benevolência, ou porque Luís Tinoco houvesse perdido alguma cousa da antiga susceptibilidade, ou porque a promessa da publicação lhe adoçasse o amargo da censura, ou por todas estas razões juntas, o certo é que ele ouviu com exemplar modéstia e alegria as palavras do protetor.

— Há de perder os defeitos com o tempo, disse este mostrando o artigo aos amigos.

O artigo foi publicado e Luís Tinoco recebeu alguns apertos de mão. Aquela doce e indefinível alegria que ele sentira quando estampou no *Correio Mercantil* os seus primeiros versos, voltou a experimentá-la agora, mas alegria complicada de uma virtuosa resolução: Luís Tinoco desde aquele dia sinceramente acreditou que tinha uma missão, que a natureza e o destino o haviam mandado à terra para endireitar os tortos políticos.

Poucas pessoas se terão esquecido do período final da estréia política do ex-redator do *Caramanchão Literário*. Era assim: "Releve o poder — hipócrita e sanhudo, — que eu lhe diga muito humildemente que não temo o desprezo nem o martírio. Moisés conduzindo os hebreus à terra da promissão, não teve a fortuna de entrar nela: é o símbolo do escritor que leva os homens à regeneração moral e política, sem lhe transpor as portas de ouro. Que poderia eu temer? Pro-

meteu atado ao Cáucaso, Sócrates bebendo a cicuta, Cristo expirando na cruz, Savonarola indo ao suplício, John Brown esperneando na forca, são os grandes apóstolos da luz, o exemplo e o conforto dos que amam a verdade, o remorso dos tiranos, e o terremoto do despotismo."
Luís Tinoco não parou nestas primícias. Aquela mesma fecundidade da estação literária, veio a reproduzir-se na estação política; o protetor, entretanto, disse-lhe que era conveniente escrever menos e mais assentado. O ex-poeta não repeliu a advertência, e até lucrou com ela, produzindo alguns artigos menos desgrenhados no estilo e no pensamento. A erudição política de Luís Tinoco era nenhuma; o protetor emprestou-lhe alguns livros, que o ex-poeta aceitou com infinito prazer. Os leitores compreendem facilmente que o autor dos *Goivos e Camélias* não era homem que meditasse uma página de leitura; ele ia atrás das grandes frases, — sobretudo das frases sonoras, — demorava-se nelas, repetia-as, ruminava-as com verdadeira delícia. O que era reflexão, observação, análise parecia-lhe árido, e ele corria depressa por elas.

Algum tempo depois houve uma eleição primária. O publicista sentiu que havia em si um eleitor, e foi dizê-lo afoutamente ao advogado. O desejo não foi mal aceito; trabalharam-se as cousas de modo que Luís Tinoco teve o gosto de ser incluído numa chapa e a surpresa de ficar batido. Batê-lo foi possível ao governo; abatê-lo não. O ex-poeta, ainda quente do combate, traduziu em largos e floreados períodos o desprezo que lhe inspirava aquela vitória dos adversários. A esse artigo responderam os amigos do governo com um, que terminava assim: "Até onde quererá ir, com semelhante descomedimento de linguagem, o pimpolho do ex-deputado Z.?"

Luís Tinoco quase morreu de júbilo ao receber em cheio aquela descarga ministerial. A imprensa adversa não o havia tratado até então com a consideração que ele desejava. Uma ou outra vez, haviam discutido argumentos seus; mas faltava o melhor, faltava o ataque pessoal, que lhe parecia ser o batismo de fogo naquela espécie de campanha. O advogado, lendo o ataque, disse ao ex-poeta que a sua posição era idêntica à do primeiro Pitt quando o ministro Walpole[15] lhe respondeu chamando-lhe moço em plena câmara dos comuns, e que era necessário repelir no mesmo tom a ofensa ministerial. Luís Tinoco ignorava até àquela data a existência de Pitt e de Walpole; achou todavia muito engenhosa a comparação das duas situações, e com habilidade e cautela perguntou ao advogado se lhe podia emprestar o discurso do orador britânico "para refrescar a memória". O advogado não tinha o discurso, mas deu-lhe idéia dele, quanto bastou para que Luís Tinoco fosse escrever um longo artigo acerca do que era e não era pimpolho.

Entretanto, a luta eleitoral lhe descobrira um novo talento. Como fosse necessário arengar algumas vezes, fê-lo o pimpolho a grande aprazimento seu e no meio de palmas gerais. Luís Tinoco perguntou a si mesmo se lhe era lícito aspirar às honras da tribuna. A resposta foi afirmativa. Esta nova ambição era mais difícil de satisfazer; o ex-poeta o reconheceu, e armou-se de paciência para esperar.

Aqui há uma lacuna na vida de Luís Tinoco. Razões que a história não conservou, levaram o jovem publicista à província natal do seu amigo e protetor, dois anos depois dos acontecimentos eleitorais. Não percamos tempo em conjecturar as causas desta viagem, nem as que ali o demoraram mais do que queria. Vamos já encontrá-lo alguns meses depois, colaborando num jornal com o mesmo ardor juvenil, de que dera tanta prova na capital. Recomendado pelo advogado aos seus amigos políticos e parentes, depressa criou Luís Tinoco um círculo de companheiros, e não tardou que assentasse em ali ficar algum tempo. O padrinho já estava morto; Luís Tinoco achava-se absolutamente sem família.

A ambição do orador não estava apagada pela satisfação do publicista; pelo contrário, uma cousa avivava a outra. A idéia de possuir duas armas, brandi-las ao mesmo tempo, ameaçar e bater com ambas os adversários, tornou-se-lhe idéia crônica, presente, inextinguível. Não era a vaidade que o levava, quero dizer, uma vaidade pueril. Luís Tinoco acreditava piamente que ele era um artigo do programa da Providência, e isso o sustinha e contentava. A sinceridade que nunca teve quando versificava os seus infortúnios entre suas palestras de rapazes, teve-a quando se enterrou a mais e mais na política. É claro que, se alguém lhe pusesse em dúvida o mérito político, feri-lo-ia do mesmo modo que os que lhe contestavam excelências literárias; mas não era só a vaidade que lhe ofendiam, era também, e muito mais, a fé, — fé profunda e intolerante, — que ele tinha de que o seu talento fazia parte da harmonia universal.

Luís Tinoco mandava ao Dr. Lemos na corte todos os seus escritos da província, e contava-lhe singelamente as suas novas esperanças. Um dia noticiou-lhe que a sua eleição para a assembléia provincial era objeto de negociações que se lhe afiguravam propícias. O correio seguinte trouxe notícia de que a candidatura de Luís Tinoco entrara na ordem dos fatos consumados.

A eleição fez-se e não deu pouco trabalho ao candidato fluminense, que à força de muita luta e muito empenho pôde ter a honra de ser incluído na lista dos vencedores. Quando lhe deram notícia da vitória, entoou a alma de Luís Tinoco um verdadeiro e solene *Te Deum Laudamus*. Um suspiro, o mais entranhado e desentranhado de quantos suspiros jamais soltaram homens, desafogou o coração do ex-poeta das dúvidas e incertezas de longas e cruéis semanas. Estava enfim eleito! Ia subir o primeiro degrau do capitólio.

A noite foi mal dormida, como a da véspera da publicação do primeiro soneto, e entremeada de sonhos análogos à situações. Luís Tinoco via-se já troando na assembléia provincial, entre os aplausos de uns, as imprecações de outros, a inveja de quase todos, e lendo em toda a imprensa da província os mais calorosos aplausos à sua nova e original eloqüência. Vinte exórdios fez o jovem deputado para o primeiro discurso, cujo assunto seria naturalmente digno de grandes rasgos e nervosos períodos. Ele já estudava mentalmente os gestos, a atitude, todo o exterior da figura que ia honrar a sala dos representantes da província.

Muitos grandes nomes da política haviam começado no parlamento provincial. Era verossímil, era indispensável até, para que ele cumprisse o mandato imperativo do destino, que saísse dali em pouco tempo para vir transpor a porta mais ampla da representação nacional. O ex-poeta ocupava já no espírito uma das cadeiras da Cadeia Velha,[16] e remirava-se na própria pessoa e no brilhante papel que teria de desempenhar. Via já diante de si a oposição ou o ministério estatelado no chão, com quatro ou cinco daqueles golpes que ele supunha saber dar como ninguém, e as gazetas a falarem, e o povo a ocupar-se dele, e o seu nome a repercutir em todos os ângulos do império, e uma pasta a cair-lhe nas mãos, ao mesmo tempo que o bastão do comando ministerial.

Tudo isto, e muito mais imaginava o recente deputado, embrulhado nos lençóis, com a cabeça no travesseiro, e o espírito a vagar por esse mundo fora, que é a cousa pior que pode acontecer a um corpo mortificado como estava o dele naquela ocasião.

Não se demorou Luís Tinoco em escrever ao Dr. Lemos, e contar-lhe as suas esperanças e o programa que tencionava observar, desde que a fortuna lhe abria mais ampla estrada na vida pública. A carta tratava longamente do efeito provável da sua primeira oração, e terminava assim: "Qualquer que seja o posto a que eu suba; qualquer, entenda bem, ainda aquele que é o primeiro do país, abaixo do imperador (e creio que irei até lá), nunca me há de esquecer que ao senhor o devo, à animação que me dispensou, à recomendação que fez de mim. Parece-me que até hoje tenho correspondido à confiança dos meus amigos; espero continuar a merecê-la."

Inauguraram-se enfim os trabalhos. Tão ansioso estava Luís Tinoco de falar que, logo nas primeiras sessões, a propósito de um projeto sobre a colocação de um chafariz, fez um discurso de duas horas em que demonstrou por $A + B$ que a água era necessária ao homem. Mas a grande batalha foi dada na discussão do orçamento provincial. Luís Tinoco fez um longo discurso em que combateu o governo geral, o presidente, os adversários, a polícia e o despotismo. Seus gestos eram até então desconhecidos na escala da gesticulação parlamentar; na província, pelo menos, ninguém tivera nunca a satisfação de contemplar aquele sacudir de cabeça, aquele arquear de braço, aquele apontar, alçar, cair e bater com a mão direita.

O estilo também não era vulgar. Nunca se falou de receita e despesa com maior luxo de imagens e figuras. A receita foi comparada ao orvalho que as flores recolhem durante a noite; a despesa à brisa da manhã que as sacode e lhes entorna um pouco de sereno vivificante. Um bom governo é apenas brisa; o presidente atual foi declarado siroco e pampeiro. Toda a maioria protestou solenemente contra essa qualificação injuriosa, ainda que poética. Um dos secretários confessou que nunca do Rio de Janeiro lhes fora uma aura mais refrigerante.

Infelizmente os adversários não dormiam. Um deles, apenas Luís Tinoco acabou o discurso entre alguns aplausos dos seus amigos, pediu a palavra e cravou longo tempo os olhos no orador estreante. Depois sacou do bolso um maço de jornais e um folheto, concertou a garganta e disse:

— "Mandaram-nos do Rio de Janeiro o nobre deputado que me precedeu nesta tribuna. Diziam que era uma ilustração fluminense, destinada a arrasar os talentos da província. Imediatamente, Sr. presidente, tratei de obter as obras do nobre deputado.

"Aqui tenho eu, Sr. presidente, o *Caramanchão Literário,* folha redigida pelo meu adversário, e o volume dos *Goivos e Camélias.* Tenho lá em casa mais outras obras. Abramos os *Goivos e Camélias.*

O SR. LUÍS TINOCO: — O nobre deputado está fora da ordem! (*Apoiados*).

— *O orador:* — Continuo, Sr. Presidente; aqui tenho os *Goivos e Camélias.* Vejamos um *goivo.*

A Eia.

Quem és tu que me atormentas
Com teus prazenteiros sorrisos?
Quem és tu que me apontas
As portas dos paraísos?

Imagem do céu és tu?
És filha da divindade?
Ou vens prender em teus cabelos
A minha liberdade?

"Vê, V. Exª, Sr. presidente, que nesse tempo o nobre deputado era inimigo de todas as leis opressoras. A assembléia tem visto como ele trata as leis do metro."

Todo o resto do discurso foi assim. A minoria protestou, Luís Tinoco fez-se de todas as cores, e a sessão acabou em risada. No dia seguinte os jornais amigos de Luís Tinoco agradeceram ao adversário deste o triunfo que lhe proporcionou mostrando à província "uma antiga e brilhante face do talento do ilustre deputado". Os que indecorosamente riram dos versos, foram condenados com estas poucas linhas: "Há dias um deputado governista disse que a situação era uma caravana de homens honestos e bons. É caravana, não há dúvida; vimos ontem os seus camelos."

Nem por isso Luís Tinoco ficou mais consolado. As cartas do deputado ao Dr. Lemos começaram a escassear, até que de todo cessaram de aparecer. Decorreram assim silenciosos uns três anos, ao cabo dos quais o Dr. Lemos foi nomeado não sei para que cargo na província onde se achava Luís Tinoco. Partiu. Apenas empossado do cargo, tratou de procurar o ex-poeta, e pouco tempo gastou, recebendo logo um convite dele para ir a um estabelecimento rural onde se achava.

— Há de me chamar ingrato, não? disse Luís Tinoco. apenas viu assomar à porta de casa o Dr. Lemos. Mas não sou; contava ir vê-lo daqui a um ano; e se lhe não escrevi... Mas que tem, doutor? está espantado?

O Dr. Lemos estava efetivamente pasmado a olhar para a figura de Luís Tinoco. Era aquele o poeta dos *Goivos e Camélias,* o eloqüente deputado, o fogoso publicista? O que ele tinha diante de si era um honrado e pacato lavrador, ar e maneiras rústicas, sem o menor vestígio das atitudes melancólicas do poeta, do gesto arrebatado do tribuno, — uma transformação, uma criatura muito outra e muito melhor.

Riram-se ambos, um da mudança, outro do espanto, pedindo o Dr. Lemos a Luís Tinoco lhe dissesse se era certo haver deixado a política, ou se aquilo eram apenas umas férias para renovar a alma.

— Tudo lhe explicarei, doutor, mas há de ser depois de ter examinado a minha casa e a minha roça, depois de lhe apresentar minha mulher e meus filhos...
— Casado?
— Há vinte meses.
— E não me disse nada!
— Ia este ano à corte e esperava surpreendê-lo... Que duas criancinhas as minhas... lindas como dois anjos. Saem à mãe, que é a flor da província. Oxalá se pareçam também com ela nas qualidades de dona de casa; que atividade! que economia!...
Feita a apresentação, beijadas as crianças, examinado tudo, Luís Tinoco declarou ao Dr. Lemos que definitivamente deixara a política.
— De vez?
— De vez.
— Mas que motivo? desgostos, naturalmente.
— Não; descobri que não era fadado para grandes destinos. Um dia leram-me na assembléia alguns versos meus. Renheci então quanto eram pífios os tais versos; e podendo vir mais tarde a olhar com a mesma lástima e igual arrependimento para as minhas obras políticas, arrepiei carreira e deixei a vida pública. Uma noite de reflexão e nada mais.
— Pois teve ânimo?...
— Tive, meu amigo, tive ânimo de pisar terreno sólido, em vez de patinhar nas ilusões dos primeiros dias. Eu era um ridículo poeta e talvez ainda mais ridículo orador. Minha vocação era esta. Com poucos anos mais estou rico. Ande agora beber o café que nos espera e feche a boca, que as moscas andam no ar.

O RELÓGIO DE OURO

Agora contarei a história do relógio de ouro. Era um grande cronômetro, inteiramente novo, preso a uma elegante cadeia. Luís Negreiros tinha muita razão em ficar boquiaberto quando viu o relógio em casa, um relógio que não era dele, nem podia ser de sua mulher. Seria ilusão dos seus olhos? Não era; o relógio ali estava sobre uma mesa da alcova, a olhar para ele, talvez tão espantado, como ele, do lugar e da situação.

Clarinha não estava na alcova quando Luís Negreiros ali entrou. Deixou-se ficar na sala, a folhear um romance, sem corresponder muito nem pouco ao ósculo com que o marido a cumprimentou logo à entrada. Era uma bonita moça esta Clarinha, ainda que um tanto pálida, ou por isso mesmo. Era pequena e delgada; de longe parecia uma criança; de perto, quem lhe examinasse os olhos, veria bem que era mulher como poucas. Estava molemente reclinada no sofá, com o livro aberto, e os olhos no livro, os olhos apenas, porque o pensamento, não tenho certeza se estava no livro, se em outra parte. Em todo o caso parecia alheia ao marido e ao relógio.

Luís Negreiros lançou mão do relógio com uma expressão que eu não me atrevo a descrever. Nem o relógio, nem a corrente eram dele; também não eram de pessoas suas conhecidas. Tratava-se de uma charada. Luís Negreiros gostava de charadas, e passava por ser decifrador intrépido; mas gostava de charadas nas folhinhas ou nos jornais. Charadas palpáveis ou cronométricas, e sobretudo sem conceito, não as apreciava Luís Negreiros.

Por este motivo, e outros que são óbvios, compreenderá o leitor que o esposo de Clarinha se atirasse sobre uma cadeira, puxasse raivosamente os cabelos, batesse com o pé no chão, e lançasse o relógio e a corrente para cima da mesa. Terminada esta primeira manifestação de furor, Luís Negreiros pegou de novo nos fatais objetos, e de novo os examinou. Ficou na mesma. Cruzou os braços durante algum tempo e refletiu sobre o caso, interrogou todas as suas recordações, e concluiu no fim de tudo que, sem uma explicação de Clarinha, qualquer procedimento fora baldado ou precipitado.

Foi ter com ela.

Clarinha acabava justamente de ler uma página e voltava a folha com o ar indiferente e tranqüilo de quem não pensa em decifrar charadas de cronômetro. Luís Negreiros encarou-a; seus olhos pareciam dois reluzentes punhais.

— Que tens? perguntou a moça com a voz doce e meiga que toda a gente concordava em lhe achar.

Luís Negreiros não respondeu à interrogação da mulher; olhou algum tempo para ela; depois deu duas voltas na sala, passando a mão pelos cabelos, por modo que a moça de novo lhe perguntou:

— Que tens?

Luís Negreiros parou defronte dela.

— Que é isto? disse ele tirando do bolso o fatal relógio e apresentando-lho diante dos olhos. Que é isto? repetiu ele com voz de trovão.

Clarinha mordeu os beiços e não respondeu. Luís Negreiros esteve algum tempo com o relógio na mão e os olhos na mulher, a qual tinha os seus olhos no livro. O silêncio era profundo. Luís Negreiros foi o primeiro que o rompeu, atirando estrepitosamente o relógio ao chão, e dizendo em seguida à esposa:

— Vamos, de quem é aquele relógio?

Clarinha ergueu lentamente os olhos para ele, abaixou-os depois, e murmurou:

Agora contarei a história do relógio de ouro.
(HISTÓRIAS DA MEIA-NOITE — O relógio de ouro, página 133)

— Não sei.

Luís Negreiros fez um gesto como de quem queria esganá-la; conteve-se. A mulher levantou-se, apanhou o relógio e pô-lo sobre uma mesa pequena. Não se pôde sofrer Luís Negreiros. Caminhou para ela, e, segurando-lhe nos pulsos com força, lhe disse:

— Não me responderás, demônio? Não me explicarás esse enigma?

Clarinha fez um gesto de dor, e Luís Negreiros imediatamente lhe soltou os pulsos que estavam arrochados. Noutras circunstâncias é provável que Luís Negreiros lhe caísse aos pés e pedisse perdão de a haver machucado. Naquele nem se lembrou disso; deixou-a no meio da sala e entrou a passear de novo, sempre agitado, parando de quando em quando, como se meditasse algum desfecho trágico.

Clarinha saiu da sala.

Pouco depois veio um escravo dizer que o jantar estava na mesa.

— Onde está a senhora?

— Não sei, não senhor.

Luís Negreiros foi procurar a mulher; achou-a numa saleta de costura, sentada numa cadeira baixa, com a cabeça nas mãos a soluçar. Ao ruído que ele fez na ocasião de fechar a porta atrás de si, Clarinha levantou a cabeça, e Luís Negreiros pôde ver-lhe as faces úmidas de lágrimas. Esta situação foi ainda pior para ele que a da sala. Luís Negreiros não podia ver chorar uma mulher, sobretudo a dele. Ia enxugar-lhe as lágrimas com um beijo, mas reprimiu o gesto, e caminhou frio para ela; puxou uma cadeira e sentou-se em frente de Clarinha.

— Estou tranqüilo, como vês, disse ele, responde-me ao que te perguntei com a franqueza que sempre usaste comigo. Eu não te acuso nem suspeito nada de ti. Quisera simplesmente saber como foi parar ali aquele relógio. Foi teu pai que o esqueceu cá?

— Não.

— Mas então...

— Oh! não me perguntes nada! exclamou Clarinha; ignoro como esse relógio se acha ali... Não sei de quem é... deixa-me.

— É demais! urrou Luís Negreiros, levantando-se e atirando a cadeira ao chão.

Clarinha estremeceu, e deixou-se ficar aonde estava. A situação tornava-se cada vez mais grave; Luís Negreiros passeava cada vez mais agitado, revolvendo os olhos nas órbitas, e parecendo prestes a atirar-se sobre a infeliz esposa. Esta, com os cotovelos no regaço e a cabeça nas mãos, tinha os olhos encravados na parede. Correu assim cerca de um quarto de hora. Luís Negreiros ia de novo interrogar a esposa, quando ouviu a voz do sogro, que subia as escadas gritando:

— Ó seu Luís! ó seu malandrim!

— Aí vem teu pai! disse Luís Negreiros; logo me pagarás.

Saiu da sala de costura e foi receber o sogro, que já estava no meio da sala, fazendo vira-voltas com o chapéu de sol, com grande risco das jarras e do candelabro.

— Vocês estavam dormindo? perguntou o Sr. Meireles tirando o chapéu e limpando a testa com um grande lenço encarnado.

— Não, senhor, estávamos conversando...

— Conversando?... repetiu Meireles.

E acrescentou consigo:

— Estavam de arrufos... é o que há de ser.

— Vamos justamente jantar, disse Luís Negreiros. Janta conosco?

— Não vim cá para outra cousa, acudiu Meireles; janto hoje e amanhã também. Não me convidaste, mas é o mesmo.

— Não o convidei?...

— Sim, não fazes anos amanhã?

— Ah! é verdade...

Não havia razão aparente para que, depois destas palavras ditas com um tom lúgubre, Luís Negreiros repetisse, mas desta vez com um tom descomunalmente alegre:

— Ah! é verdade!...

Meireles, que já ia pôr o chapéu num cabide do corredor, voltou-se espantado para o genro, em cujo rosto leu a mais franca, súbita e inexplicável alegria.

— Está maluco! disse baixinho Meireles.

— Vamos jantar, bradou o genro, indo logo para dentro, enquanto Meireles seguindo pelo corredor ia ter à sala de jantar.

Luís Negreiros foi ter com a mulher na sala de costura. e achou-a de pé, compondo os cabelos diante de um espelho:

— Obrigado, disse.

A moça olhou para ele admirada.

— Obrigado, repetiu Luís Negreiros; obrigado e perdoa-me.

Dizendo isto, procurou Luís Negreiros abraçá-la; mas a moça, com um gesto nobre, repeliu o afago do marido e foi para a sala de jantar.

— Tem razão! murmurou Luís Negreiros.

Daí a pouco achavam-se todos três à mesa do jantar, e foi servida a sopa, que Meireles achou, como era natural, de gelo. Ia já fazer um discurso a respeito da incúria dos criados, quando Luís Negreiros confessou que toda a culpa era dele, porque o jantar estava há muito na mesa. A declaração apenas mudou o assunto do discurso, que versou então sobre a terrível cousa que era um jantar requentado, — *qui ne valut jamais rien*.[17]

Meireles era um homem alegre, pilhérico, talvez frívolo demais para a idade, mas em todo o caso interessante pessoa. Luís Negreiros gostava muito dele, e via correspondida essa afeição de parente e de amigo, tanto mais sincera quanto que Meireles só tarde e de má vontade lhe dera a filha. Durou o namoro cerca de quatro anos, gastando o pai de Clarinha mais de dois em meditar e resolver o assunto do casamento. Afinal deu a sua decisão, levado antes das lágrimas da filha que dos predicados do genro, dizia ele.

A causa da longa hesitação eram os costumes pouco austeros de Luís Negreiros, não os que ele tinha durante o namoro, mas os que tivera antes e os que poderia vir a ter depois. Meireles confessava ingenuamente que fora marido pouco exemplar, e achava que por isso mesmo devia dar à filha melhor esposo do que ele. Luís Negreiros desmentiu as apreensões do sogro; o leão impetuoso dos outros dias, tornou-se um pacato cordeiro. A amizade nasceu franca entre o sogro e o genro, e Clarinha passou a ser uma das mais invejadas moças da cidade.

E era tanto maior o mérito de Luís Negreiros quanto que não lhe faltavam tentações. O diabo metia-se às vezes na pele de um amigo e ia convidá-lo a uma recordação dos antigos tempos. Mas Luís Negreiros dizia que se recolhera a bom porto e não queria arriscar-se outra vez às tormentas do alto mar.

Clarinha amava ternamente o marido, e era a mais dócil e afável criatura que por aqueles tempos respirava o ar fluminense. Nunca entre ambos se dera o menor arrufo; a limpidez do céu conjugal era sempre a mesma e parecia vir a ser duradoura. Que mau destino lhe soprou ali a primeira nuvem?

Durante o jantar Clarinha não disse palavra. — ou poucas dissera, ainda assim as mais breves e em tom seco.

— Estão de arrufo, não há dúvida, pensou Meireles ao ver a pertinaz mudez da filha. Ou a arrufada é só ela, porque ele parece-me lépido.

Luís Negreiros efetivamente desfazia-se todo em agrados, mimos e cortesias com a mulher, que nem sequer olhava em cheio para ele. O marido já dava o sogro a todos os diabos, desejoso de ficar a sós com a esposa, para a explicação última, que reconciliaria os ânimos. Clarinha não parecia desejá-lo; comeu pouco e duas ou três vezes soltou-se-lhe do peito um suspiro.

Já se vê que o jantar, por maiores que fossem os esforços, não podia ser como nos outros dias. Meireles sobretudo achava-se acanhado. Não era que receiasse algum grande acontecimento em casa; sua idéia é que sem arrufos não se aprecia a felicidade, como sem tempestade não se aprecia o bom tempo. Contudo, a tristeza da filha sempre lhe punha água na fervura.

Quando veio o café, Meireles propôs que fossem todos três ao teatro; Luís Negreiros aceitou a idéia com entusiasmo Clarinha recusou secamente.

— Não te entendo hoje, Clarinha, disse o pai com um modo impaciente. Teu marido está alegre e tu pareces-me abatida e preocupada. Que tens?

Clarinha não respondeu; Luís Negreiros, sem saber o que havia de dizer, tomou a resolução de fazer bolinhas de miolo de pão. Meireles levantou os ombros.

— Vocês lá se entendem, disse ele. Se amanhã, apesar de ser o dia que é, vocês estiverem do mesmo modo, prometo-lhes que nem a sombra me verão.

— Oh! há de vir, ia dizendo Luís Negreiros, mas foi interrompido pela mulher, que desatou a chorar.

O jantar acabou assim triste e aborrecido. Meireles pediu ao genro que lhe explicasse o que aquilo era, e este prometeu que lhe diria tudo em ocasião oportuna.

Pouco depois saía o pai de Clarinha protestando de novo que, se no dia seguinte os achasse do mesmo modo, nunca mais voltaria a casa deles, e que se havia cousa pior que um jantar frio ou requentado, era um jantar mal digerido. Este axioma valia o de Boileau, mas ninguém lhe prestou atenção.

Clarinha fora para o quarto; o marido, apenas se despediu do sogro, foi ter com ela. Achou-a sentada na cama, com a cabeça sobre uma almofada, e soluçando. Luís Negreiros ajoelhou-se diante dela e pegou-lhe numa das mãos.

— Clarinha, disse ele, perdoa-me tudo. Já tenho a explicação do relógio; se teu pai não me fala em vir jantar amanhã, eu não era capaz de adivinhar que o relógio era um presente de anos que tu me fazias.

Não me atrevo a descrever o soberbo gesto de indignação com que a moça se pôs de pé quando ouviu estas palavras do marido. Luís Negreiros olhou para ela sem compreender nada. A moça não disse uma nem duas; saiu do quarto e deixou o infeliz consorte mais admirado que nunca.

— Mas que enigma é este? perguntava a si mesmo Luís Negreiros. Se não era um mimo de anos, que explicação pode ter o tal relógio?

140

A situação era a mesma que antes do jantar. Luís Negreiros assentou de descobrir tudo naquela noite. Achou, entretanto, que era conveniente refletir maduramente no caso e assentar numa resolução que fosse decisiva. Com este propósito recolheu-se ao seu gabinete, e ali recordou tudo o que se havia passado desde que chegara a casa. Pesou friamente todas as razões, todos os incidentes, e buscou reproduzir na memória a expressão do rosto da moça, em toda aquela tarde. O gesto de indignação e a repulsa quando ele a foi abraçar na sala de costura, eram a favor dela; mas o movimento com que mordera os lábios no momento em que ele lhe apresentou o relógio, as lágrimas que lhe rebentaram à mesa, e mais que tudo o silêncio que ela conservava a respeito da procedência do fatal objeto, tudo isso falava contra a moça.

Luís Negreiros, depois de muito cogitar, inclinou-se à mais triste e deplorável das hipóteses. Uma idéia má começou a enterrar-se-lhe no espírito, à maneira de verruma, e tão fundo penetrou, que se apoderou dele em poucos instantes. Luís Negreiros era homem assomado quando a ocasião o pedia. Proferiu duas ou três ameaças, saiu do gabinete e foi ter com a mulher.

Clarinha recolhera-se de novo ao quarto. A porta estava apenas cerrada. Eram nove horas da noite. Uma pequena lamparina alumiava escassamente o aposento. A moça estava outra vez assentada na cama, mas já não chorava; tinha os olhos fitos no chão. Nem os levantou quando sentiu entrar o marido.

Houve um momento de silêncio.

Luís Negreiros foi o primeiro que falou.

— Clarinha, disse ele, este momento é solene. Responde-me ao que te pergunto desde esta tarde?

A moça não respondeu.

— Reflete bem, Clarinha, continuou o marido. Podes arriscar a tua vida.

A moça levantou os ombros.

Uma nuvem passou pelos olhos de Luís Negreiros. O infeliz marido lançou as mãos ao colo da esposa e rugiu:

— Responde, demônio, ou morres!

Clarinha soltou um grito.

— Espera! disse ela.

Luís Negreiros recuou.

— Mata-me, disse ela, mas lê isto primeiro. Quando esta carta foi ao teu escritório já te não achou lá: foi o que o portador me disse.

Luís Negreiros recebeu a carta, chegou-se à lamparina e leu estupefato estas linhas:

"Meu nhonhô. Sei que amanhã fazes anos; mando-te esta lembrança. — Tua *Iaiá*."

Assim acabou a história do relógio de ouro.

PONTO DE VISTA

I

A D. LUÍSA P..., EM JUIZ DE FORA.

Corte, 5 de outubro.

Não me dirá a quem entregou você as encomendas que lhe pedi? Na sua carta vem mal escrito o nome do portador; e até hoje nem sombra dele, quem quer que seja. Será o Luís? Ouvi dizer que você vinha para cá passar algum tempo; estimaria muito que assim fosse. Havia de gostar disto agora, apesar do calor, que tem sido forte. Hoje entretanto temos um dia excelente.

Ou então, no caso de não vir, estimaria muito ir eu para lá; mas papai, como você sabe, ninguém há que o tire dos seus cômodos; e mamãe anda meia adoentada. Vontade teria ela de me ser agradável, mas eu é que não sou tão egoísta. E olhe que perco muito; porque, além de ir ver a minha melhor amiga, iria ao mesmo tempo verificar se é verdade que ainda não tem esperanças de um nené. Alguém me disse que sim. Por que nega você isso?

Esta carta irá amanhã. Escreva-me logo; e dê muitas lembranças a seu marido, minhas e de todos nós. Adeus.

RAQUEL.

II

À MESMA.

Corte, 15 de outubro.

Gastou muitos dias, mas veio uma carta longa, e, apesar disso, curta. Obrigada pelo trabalho; peço-lhe que o repita; aborreço os seus bilhetinhos, escritos às carreiras, com o pensamento... em quem? Nesse marido cruel que só cuida de eleições, segundo li outro dia. Eu escrevo cartinhas quando não tenho tempo para mais. Mas quando me sobra tempo escrevo cartões. Creio que disse uma tolice; desculpe-me.

Vieram as encomendas logo no dia seguinte ao da minha última carta. E que quer você que eu lhe mande? Tenho aqui uns figurinos recebidos ontem, mas não há portador. Se puder arranjar algum por estes dias irá também um romance que me trouxeram esta semana. Chama-se *Ruth*. Conhece?

A Mariquinhas Rocha vai casar. Que pena! tão bonitinha, tão boa, tão criança, vai casar... com um sujeito velho! E não é só isto: casa-se por amor. Eu duvidei de semelhante cousa; mas todos dizem que tanto o pai como os mais parentes procuraram dissuadi-la de semelhante projeto; ela porém insistiu de maneira que ninguém mais se lhe opôs.

A falar verdade, ele não está a cair de maduro; é velho, mas elegante, gamenho, robusto, alegre, diz muitas pilhérias e parece que tem bom coração. Não era eu que caía apesar de tudo isto. Que consórcio pode haver entre uma rosa e uma carapuça?

Antes, mil vezes antes, casasse ela com o filho do noivo; esse sim, é um rapaz digno de merecer uma moça como ela. Dizem que é um bandoleiro dos quatro costados; mas você sabe que eu não creio em bandoleiros. Quando uma pessoa quer, vence o coração mais versátil deste mundo.

O casamento parece que será daqui a dois meses. Irei naturalmente às exéquias, quero dizer às bodas. Pobre Mariquinhas! Lembra-se das nossas tardes no colégio? Ela era a mais quieta de todas, e a mais cheia de melancolia. Parece que adivinhava este destino.

Papai aprovou muito a escolha dela; faz-lhe muitos elogios como pessoa de juízo, e chegou a dizer que eu devia fazer o mesmo. Que lhe parece? Eu se tivesse de seguir algum exemplo, seguia o da minha Luísa; essa sim, é que teve dedo para escolher... Não mostre esta carta a seu marido; é capaz de arrebentar de vaidade.

E você não vem para cá? É pena; dizem que vamos ter companhia lírica, e mamãe está melhor. Quer dizer que vou passar algum tempo de vida excelente. O futuro enteado da Mariquinhas, o tal que ela devia escolher em lugar do pai, afirma que a companhia é magnífica. Seja ou não, é mais um divertimento. E você lá na roça!...

Vou jantar; adeus. Escreva-me quando puder, mas nada de cartas microscópicas. Ou muito ou nada.

RAQUEL.

III

À MESMA.

Corte, 17 de outubro.

Escrevi-lhe anteontem uma carta, e acrescento hoje um bilhetinho (sem exemplo) para dizer que o velho noivo da Mariquinhas inspirou paixão a outra moça, que adoeceu de desespero. É uma história complicada. Compreende isto? Se fosse o filho vá; mas o pai!

RAQUEL.

IV

À MESMA.

Corte, 30 de outubro.

Muito velhaca é você. Então porque lhe falei duas ou três vezes no rapaz, imagina logo que estou apaixonada por ele? Papai nestes casos costuma dizer que é falta de lógica. Eu digo que é falta de amizade. E provo. Pois se eu tivesse algum namoro, afeição ou cousa assim, a quem diria em primeiro lugar senão a você? Não fomos durante tanto tempo confidentes uma da outra? Supor-me tão reservada é não me ter amizade nenhuma; porque a falta de afeição é que traz a injustiça.

Não, Luísa, eu nada sinto por esse moço, a quem conheço de poucos dias. Falei nele algumas vezes por comparação com o pai; se eu estivesse disposta a casar-me, certamente que preferia o moço ao velho. Mas é só isto e nada mais.

Nem imagine que o Dr. Alberto (é o nome dele) vale muito; é bonito e elegante, mas tem ar pretensioso e parece-me um espírito curto. Você sabe como eu sou exigente nesses assuntos. Se eu não achar marido como imagino, fico solteira toda a minha vida. Antes isso, que ficar presa a um cepo, ainda que esbelto.

Também não basta ter os predicados que eu imagino para me seduzir logo. Anda agora aqui em casa um sujeito que nos foi apresentado há pouco tempo; qualquer outra moça ficava presa pelas maneiras dele; a mim não me faz a menor impressão.

E por quê?

A razão é simples; toda a graça que ele ostenta, toda a afeição que simula, todos os cortejos que me faz, quer saber o que é, Luísa? é que eu sou rica. Descanse; quando me aparecer aquele que o céu me destina, você será a primeira a ter

notícia. Por ora estou livre, como as andorinhas que estão agora a passear na chácara.
E para vingar-me da calúnia, não escrevo mais. Adeus.

RAQUEL.

V

À MESMA.

Corte, 15 de novembro.

Estive doente estes dois dias; foi uma constipação forte que apanhei saindo do Ginásio, onde fui ver uma peça nova, muito falada e muito insípida. Sabe você quem estava lá? A Mariquinhas com o noivo no camarote, e o enteado também, o futuro enteado, se Deus quiser. Não se pode imaginar como ela parecia contente, como ela conversava com o noivo! E olhe que de longe, à luz do gás, o tal velho é quase tão moço como o filho. Quem sabe? Bem pode ser que ela viva feliz!
Dou-lhe muitos parabéns pela notícia que me dá de que brevemente veremos um nené. A mamãe também lhe manda parabéns. O Luís leva com esta carta uns figurinos.

RAQUEL.

VI

À MESMA.

Corte, 27 de novembro.

A sua carta chegou quando estávamos almoçando, e foi bom tê-la lido depois, porque se a leio antes não acabava de almoçar. Que história é essa, e quem lhe meteu na cabeça semelhante cousa? Eu, namorada do Alberto! Isso é caçoada de mau gosto, Luísa! Se alguém lhe mandou dizer tal, teve certamente intenção de me envergonhar. Se você o conhecesse, não era necessário este meu protesto. Já lhe disse as boas qualidades dele, mas os seus defeitos são para mim superiores às qualidades. Você bem sabe como eu sou; para mim a menor nódoa destrói a maior alvura. Uma estátua... estátua é o termo próprio, porque o tal Alberto tem certa rigidez escultural.

Ah! Luísa, o homem que o céu me destina ainda não veio. Sei que não veio porque ainda não senti dentro de mim aquele estremecimento simpático que indica a harmonia de duas almas. Quando ele vier, fique certa de que será a primeira a quem eu confiarei tudo.

Dir-me-á que, se eu sou assim fatalista, devo admitir a possibilidade de um marido sem todas as condições que exijo. Engano.

Deus que me fez assim, e me deu esta percepção íntima para conhecer e amar a superioridade, Deus me há de deparar uma criatura digna de mim.

E agora que me expliquei deixe-me ralhar-lhe um pouco. Por que motivo dá tão facilmente ouvidos a uma calúnia contra mim? Você que me conhece há tanto devia ser a primeira a pôr de quarentena esses ditos sem senso comum. Por que o não fez?

Gastou você duas páginas para defender a Mariquinhas. Eu não a acuso; deploro-a. Pode ser que o noivo venha a ser um excelente marido, mas não creio que esteja na altura dela. E é neste sentido que eu a deploro.

A nossa divergência tem natural explicação. Eu sou uma moça solteira, cheia de caraminholas, sonhos, ambições e poesia; você é já uma dona-de-casa, esposa tranquila e feliz, mãe de família dentro de pouco tempo; vê a cousa por outro prisma.

Será isto?

Parece que a companhia lírica não vem. A cidade está hoje muito alegre; andam bandas de música nas ruas; chega-

ram boas notícias do Paraguai. Naturalmente sairemos hoje; não tem saudades de cá? Adeus.
Lembranças de todos a seu marido.

RAQUEL.

VII

À MESMA.

Corte, 20 de dezembro.

Tem razão; pareço ingrata. Há quase um mês que lhe não escrevo, apesar de ter recebido já duas cartas. Seria longo explicar esta demora, e eu infelizmente não tenho tempo para tanto, porque estão aqui, alguns dias, as primas Alvarengas.
Como que então, você confessa que apenas me quis experimentar? Eu logo vi que ninguém lhe poderia dizer semelhante cousa a respeito do Dr. Alberto.
O casamento da Mariquinhas está marcado para véspera de Reis. Iremos assistir ao sacrifício. Desculpe-me, Luísa; bem sabe como sou sarcástica, e às vezes... Desculpe-me, sim?
E todavia, quer saber uma cousa? Mudei de opinião a certo respeito. Hoje penso que antes o pai que o filho. Que espírito frívolo! que sujeito superficial e tolo é o tal Alberto! O pai é grave e sabe ser amável; e é amável sem deixar de ser grave. Tem uma distinção própria, uma conversa animada, é engenhoso e sagaz.
Mil vezes o velho... para ela.
Pergunta-me o que farei eu no caso de nunca encontrar o ideal que procuro? Já lhe disse: nesse caso fico solteira. O casamento é uma grande cousa, é a flor dos estados, concordo; mas é mister que não seja um cativeiro, e cativeiro é tudo o que não realiza as nossas aspirações íntimas.
Agradeço os seus conselhos, mas quer que lhe diga? Você fala como quem é feliz; parece-lhe que o casamento, quaisquer que sejam as condições, é um antegosto do paraíso.

Creio que nem sempre há de ser assim. Verdade é que, dependendo as cousas das impressões de cada um, a Mariquinhas pode ser feliz, visto que o marido que escolheu parece falar-lhe ao coração. Não o nego; mas, nesse caso, continuo a lastimá-la, porque (repito) não compreendo a união de uma flor com uma carapuça. E não escrevo mais por não dizer mal dela. Perdoe-me você estas tolices, e creia que sou amiga, agora e sempre.

RAQUEL.

VIII

À MESMA.

Corte, 8 de janeiro.

Casou-se a Mariquinhas. Festa íntima, mas brilhante. A noiva estava esplêndida, risonha, orgulhosa. O mesmo se pode dizer do noivo, que parecia ainda mais moço do que me parecera uma vez no teatro, a ponto de me fazer desconfiar da velhice dele. A cada instante cuidava que o homem tirava a máscara e confessava ser irmão do filho.
Perguntar-me-á você se eu não tive inveja?
Confesso que sim.
Não sei bem se era inveja; confesso porém que suspirei quando vi a nossa formosa Mariquinhas com o seu véu e sua grinalda de flores de laranja, derramar um olhar tão celeste em torno de si, feliz por se despedir deste mundo de futilidades como é a vida de uma moça solteira.
Suspirei, é verdade.
Se naquela mesma noite eu pudesse escrever o que senti, acredite você que teria uma página de literatura digna de figurar nos jornais.
Hoje tudo passou.
O que não passou, entretanto, porque existia antes e existirá sempre, porque nasceu comigo e comigo morrerá, é este

sonho de uns amores que eu nunca vi na terra, uns amores que eu não posso exprimir, mas que devem existir, visto que eu tenho a imagem deles no espírito e no coração.

Mamãe, quando me vê aborrecida e devaneadora, costuma perguntar-me se estou respirando as nuvens. Ela ignora talvez que exprime com essa palavra o estado do meu espírito. Pensar nestas cousas não é ir respirar as nuvens lá tão longe da terra?

Acabo de reler o que escrevi, e riscaria tudo se tivesse mais papel para escrever. Infelizmente não tenho, é meia-noite, e esta carta há de seguir amanhã cedo. Risque pois o que aí fica escrito; não vale a pena guardar tolices.

Novidade não há que mereça a pena de mencionar. Esquecia-me dizer-lhe que achei uma verdadeira qualidade no Dr. Alberto. Adivinha? Dança admiravelmente. Má língua! dirá você. E para que não diga mais nada, aqui me fico.

RAQUEL.

IX

À MESMA.

Corte, 10 de janeiro.

Isto é apenas um bilhetinho. Dou-lhe notícia de que vamos ter aqui uma representação familiar, como fazíamos no colégio. O Dr. Alberto foi encarregado de escrever a comédia; afiançam-me que há de sair boa. Representa comigo a Carlota. Os homens são o primo Abreu, o Juca e o Dr. Rodrigues. Ah! se você cá estivesse!

RAQUEL.

X

D. LUÍSA A D. RAQUEL.

Juiz de Fora, 15 de janeiro.

Meu marido quer ir à corte no fim do mês que vem. Ver-nos-emos enfim depois de alguns meses de separação. Escrevo apenas para lhe dar esta notícia que você há de estimar decerto.

E ao mesmo tempo o meu fim é preveni-la, a fim de que procure disfarçar na presença aquilo que me disfarça no papel.

Adeus.

LUÍSA.

XI

D. RAQUEL A D. LUÍSA.

Corte, 20 de janeiro.

O que é que eu disfarço no papel? Estou a meditar, a esquadrinhar, e nada descubro. Podia imaginar que você se refere ao assunto do Alberto; mas depois do que eu lhe escrevi seria demasiada insistência...

Explique-se.

Quanto à notícia que me dá de que vem cá, é para mim a sorte grande. Por mais que eu queira explicar no papel o prazer que sinto com isto, não posso. Não sei escrever; não me acodem as palavras próprias. O Dr. Alberto (o tal!) dizia outro dia que a língua humana é cabal para dizer o que se passa no espírito, mas incapaz de dizer o que vem do coração. E acrescentou esta sentença que é engenhosa, mas velha. Com os lábios fala a cabeça, com os olhos o coração.

Você porém adivinhará o que eu sinto e apressará a sua vinda. E o nené?

RAQUEL.

XII

À MESMA.

Corte, 28 de janeiro.

Faz um calor insuportável; mas como eu abri a janela que dá para o jardim, estou a ver o céu "todo recamado de estrelas" como dizem os poetas, e o espetáculo compensa o calor. Que noite, minha Luísa! Gosto imensamente destes grandes silêncios, porque então ouço-me a mim mesma, e vivo mais em cinco minutos de solidão do que em vinte horas de bulício.

A Mariquinhas Rocha esteve esta noite cá em casa com o marido. Ambos parecem felizes, ela ainda mais do que ele, o que se me afigura completa inversão das leis naturais.

Não se admira de me ouvir falar em "leis naturais"? A idéia não é minha, é do próprio enteado, o Dr. Alberto. Conversámos os dois a respeito das boas e santas qualidades de Mariquinhas, e eu dizia o que ela foi sempre desde criança.

— Criança é ainda ela, observou ele sorrindo. Não posso chamar madrasta a uma criatura que parece antes minha irmã mais moça.

— Na idade, sim, tornei eu; mas na circunspeção e na compostura é positivamente mais velha que o senhor.

Ele sorriu, mas de um sorriso amarelo, e continuou:

— Meu pai é feliz; minha madrasta parece ainda mais feliz que meu pai. Não é isto uma inversão das leis naturais?

Critique se lhe parece, a opinião do filho; mas aproveito a ocasião para dizer que na sua última carta há duas linhas em que parece ter um resto de suspeita. Mande-me dizer como quer que a convença de que ele é para mim uma criatura igual a tantas outras?

153

Ande, confesse que é cruel comigo, e disponha-se a um sermão na primeira ocasião em que estivermos juntas. Sabe quem eu vi hoje? Dou-lhe um doce se adivinhar. O Garcia, aquele Garcia que a nam... Não, não, paremos aqui.

RAQUEL.

XIII

D. LUÍSA A D. RAQUEL.

Juiz de Fora, 10 de fevereiro.

Não confesso nada; não fui cruel. Tive uma suspeita e preferi dizê-la a guardá-la. A amizade manda isto mesmo. Por que razão deixaríamos nós aquela franqueza e confiança do tempo do colégio?
Acredito que realmente nada há, mas acredito também outra cousa. Estou a ver que é alguma figura grotesca, e que você foi antes ofendida na vaidade que no coração. Vá, confesse isso.
Sabe você uma cousa? Está-me parecendo mais poeta do que era, mais romanesca, mais cheia de caraminholas. Bem sei que a idade explica muita cousa; mas há um limite, Raquel; não confunda o romance com a vida, ou viverá desgraçada...
... Um sermão! aí começava eu a fazer-lhe um sermão chocho e insulso, e sobretudo ineficaz. Venhamos a cousas mais de prosa. Meu marido quer entrar na política. Não se arrepia com esta palavra? Política e lua-de-mel, que duas cousas tão inimigas! Mas será o que Deus quiser. Lembranças dele e minhas a sua mamãe e a você. Até breve.

LUÍSA.

XIV

D. Raquel a D. Luísa.

Corte, 15 de fevereiro.

Engana-se quando supõe que o Dr. Alberto é uma figura grotesca; já lhe disse que é rapaz elegante; e até aquele ar compassado e escultural que eu lhe achava, até isso parece ter desaparecido desde que tem intimidade conosco. Não foi pois a minha vaidade que se ofendeu; não foi também o meu coração. Senti que você não me acreditasse, nada mais.

Eu podia fazer-lhe agora uma dissertação a respeito do amor; mas retraio a pena por me lembrar que iria ensinar o *padre-nosso* ao vigário.

Seu marido quer entrar na política? Vai você admirar-se da minha opinião a este respeito, que não parece opinião de uma devaneadora, como você me chama. Eu penso que a política para você tem uma onça de inconvenientes e uma libra de vantagens.

A política há de ser uma rival, mas pesadas as cousas antes essa que outra. Essa ao menos ocupa o espírito e a vida; mas deixa o coração livre e puro. Demais, eu nem sempre sou a cismadora que tens na cabeça; sinto um grãozinho de ambição comigo, a ambição de ser... *ministra*. Ri-se? Eu também me rio, o que prova que o meu espírito anda despreocupado e livre, livre como a pena que me corre agora no papel, produzindo uma letra que não sei se entenderá. Adeus.

Raquel.

155

XV

O DR. ALBERTO A D. RAQUEL.

18 de fevereiro.

Perdoe-me a audácia; peço-lhe de joelhos uma resposta que os seus olhos teimam em me não dar. Não lhe digo no papel o que sinto; não o poderia exprimir cabalmente. Mas o seu espírito há de ter compreendido o que se passa no meu coração, há de ter lido no meu rosto aquilo que eu nunca me atreveria a dizer de viva voz.

ALBERTO.

XVI

D. RAQUEL A D. LUÍSA.

21 de fevereiro.

Mamãe estava com disposições de ir visitá-la; mas eu infelizmente não me acho boa, e adiamos a viagem. Quando desempenha você a sua palavra vindo passar alguns dias na corte? Conversaríamos muito.

RAQUEL.

XVII

À MESMA.

5 de março.

Não é carta; é apenas um bilhetinho. Não me dirá o que é o coração humano? Um logogrifo. Mistério! exclamará você ao ler estas linhas. Pois será.

RAQUEL.

XVIII

ALBERTO A D. RAQUEL.

8 de março.

Oh! não sabe como lhe agradeço a sua carta! Enfim veio! Foi um raio de luz entre as sombras da minha incerteza. Sou amado? Não me ilude? Também sente esta paixão que me devora o peito, capaz de levar-me ao céu, capaz de levar-me ao inferno? Tem razão quando me pergunta se o não percebera já nos seus olhos. É verdade que eu julguei ler neles a minha felicidade. Mas podia iludir-me; supus que a suprema felicidade não era tão pronta, e se me iludisse, não sei se viveria... Por que razão duvida de mim? por que motivo receia que o meu amor seja um passatempo de sala? Que mortal haveria neste mundo que brincasse com a coroa de glória trazida à terra nas mãos de um anjo?

Não, Raquel... perdão se lhe chamo assim! Não, o meu amor é imenso, casto, sincero, como os verdadeiros amores.

Uma só palavra sua e podemos converter esta paixão no mais doce e delicioso estado de bem-aventurança. Quer ser minha esposa? Diga, responda essa palavra.

ALBERTO.

XIX

D. LUÍSA A D. RAQUEL.

Juiz de Fora, 10 de março.

O coração é um mar, sujeito à influência da lua e dos ventos. Serve-lhe esta definição? Pena foi que o bilhetinho não tivesse mais quatro linhas: saberia agora tudo. Ainda assim adivinho alguma cousa; adivinho que ama.

LUÍSA.

XX

À MESMA.

Juiz de Fora, 17 de março.

A 10 deste mês escrevi-lhe uma carta de que ainda não obtive resposta.

Por quê?

Já me lembrou se estaria doente; mas creio que se assim fosse ter-me-iam mandado dizer.

Esta carta vai por mão própria; o portador não volta cá; mas sendo por mão própria tenho certeza de que lhe será entregue. E quero que me responda imediatamente.

Vá; um esforço.

Adeus.

LUÍSA.

XXI

D. LUÍSA A D. RAQUEL.

Juiz de Fora, 24 de março.

Nada até hoje! Que é isso, Raquel?

O portador da minha carta anterior mandou-me dizer que lhe havia entregue em mão própria; não estava doente; por que razão este esquecimento? Esta é a última; se me não escrever, acreditarei que outra amiga lhe merece mais, e que você esqueceu a confidente do colégio.

LUÍSA.

Enfim, sou feliz!

(HISTÓRIAS DA MEIA-NOITE — Ponto de vista, página 160)

XXII

D. Raquel a D. Luísa.

Corte, 30 de março.

Esquecer-me de você? Está louca! Onde acharia eu melhor amiga nem tão boa? Não tenho escrito, é verdade, por mil razões, a qual mais justa, sendo a principal delas, ou antes a que as resume todas, uma razão... Não sei como lhe diga isto.
Amor? Ah! Luísa, o mais puro e ardente que pode imaginar, e o mais inesperado também. Aquela devaneadora que você conhece, a que vive nas nuvens, viu lá mesmo das nuvens o esperado do seu coração, tal qual o sonhara um dia e desesperara de achar jamais.
Não lhe posso dizer mais nada, não sei. Tudo o que eu poderia escrever aqui estaria abaixo da realidade. Mas venha, venha, e talvez leia no meu rosto a felicidade que experimento, e no *dele* o sinal característico daquela superioridade que eu ambicionei sempre e tão rara é na terra.
Enfim, sou feliz!

Raquel.

XXIII

D. Luísa a D. Raquel.

Juiz de Fora, 8 de abril.

Chegou enfim uma carta, e chegou a tempo, porque eu já estava disposta a esquecer-me de você. Ainda assim não lhe perdoava, se não fosse a razão... Céus! que razão! Ama enfim? achou o homem... quero dizer, o arcanjo que procurava a minha cismadora? Que figura tem? é bonito? é alto? é baixo? Vá, diga-me tudo.

Agora vejo que estive a pique de fazê-la perder a sua felicidade. Tanto lhe falei no tal Dr. Alberto, que, era bem possível, como às vezes acontece, vir a namorar-se dele, e então quando o outro chegasse... era tarde.

E diga-me; será ele velho como o da Mariquinhas Rocha? Não se zangue, Raquel, mas o peixe morre pela boca, e era possível que você fosse castigada por ter falado dela. Pela minha parte, não acharia que dizer, uma vez que ele a amasse e fosse homem digno de casar com a minha Raquel. Em todo o caso, antes um moço.

Não me atrevo a pedir-lhe o retrato; mas meu marido pede-lho. Não se zangue, eu contei tudo, e ele manda-lhe muitos parabéns. Os meus, irei eu mesma levá-los.

Luísa.

XXIV

D. Raquel ao Dr. Alberto.

10 de abril.

Estou muito zangada por não teres vindo ontem; cedo começas a esquecer-me.

Vem hoje ou eu fico zangada. Ao mesmo tempo quero que me tragas um retrato dos teus; é um segredo.

Ontem perdeste muito; esteve aqui a G... e naturalmente sentiu a tua falta. Sentes isso, não? Pobre da Raquel! Adeus.

Raquel.

XXV

O Dr. Alberto a D. Raquel.

10 de abril.

Perdoa-me se não fui ontem lá; em compensação pensei muito em ti. Teu pai pediu-me que eu fosse jantar hoje com a família; espera-me cedo. Levarei nessa ocasião o meu retrato, sem saber para que é; mas espero que não será para cousa má.
Quanto à G... eu já não sei como te hei de dizer que é uma delambida de quem não faço caso; se queres, limitar-me-ei a cumprimentá-la apenas. Que mais desejas?
Adeus, minha desconfiada. Crê que eu te amo muito, muito e muito, agora e sempre.

Teu

Alberto.

XXVI

D. Raquel a D. Luísa.

17 de abril.

Uma grande notícia! Fui ontem pedida a papai, e vou casar. Se soubesse como sou feliz!... Quisera que estivesse aqui para dar-lhe muitos e muitos beijos. Mas há de vir ao casamento, não? Se não vier, declaro que não caso.
Naturalmente adivinha que o retrato que vai dentro desta carta é o do meu noivo. Não é bonito? Que distinção! que inteligência! que espírito... A alma, sobretudo, não creio que Deus mandasse a este mundo nenhuma outra que se lhe compare. Creio que eu não merecia tanto.

Venha depressa; o casamento há de ser em maio. Dê a notícia a seu marido.

RAQUEL.

XXVII

D. LUÍSA A D. RAQUEL.

Juiz de Fora, 22 de abril.

Que cabeça! disse tudo menos o nome do noivo!

LUÍSA.

XXVIII

D. RAQUEL A D. LUÍSA.

Corte, 27 de abril.

Tem razão; sou uma cabeça no ar. Mas a felicidade explica ou desculpa tudo. O meu noivo é o Dr. Alberto.

RAQUEL.

XXIX

D. LUÍSA A D. RAQUEL.

Juiz de Fora, 1º de maio.

!!!

LUÍSA.

163

NOTAS

1 Procônsul romano na África (séc. I), durante o governo do Imperador Tibério, conquistou notável vitória sobre o chefe númida Tacfarinas, que pretendera livrar-se do jugo romano.
2 Esta palavra não consta da 1ª ed., nem da ed. crítica do INL.
3 Nicolau Tolentino de Almeida, poeta satírico português (1740-1811). O soneto referido, "O colchão dentro do toucado", assim começa: "Chaves na mão, melena desgrenhada,".
4 Rodrigo de Bivar era o nome do herói da reconquista da Espanha aos árabes, conhecido pelo cognome de *Cid Campeador*. O assunto serviu de tema à famosa tragicomédia *Le Cid*, do dramaturgo francês Pierre Corneille (1606-1684).
5 Escritor francês (1613-1680), autor de *Reflexões* ou *Sentenças e Máximas Morais*.
6 Referência à novela *As Aventuras do Último dos Abencerragens*, do escritor francês François René de Chateaubriand (1768-1848), que narra a história de uma tribo árabe no Reino de Granada, Espanha, no séc. XV.
7 Atual Rua Frei Caneca.
8 Atual Praça da República.
9 Atual Rua Moncorvo Filho.
10 Francês: "pior hipótese".
11 "Deixai toda esperança, ó vós que entrais" era a inscrição que Dante leu à entrada do Inferno. (*Divina Comédia, Inferno*, canto III.
12 Político e historiador francês (1787-1874), pertenceu à Academia Francesa.
13 Francês: "tenho alguma coisa lá". — André Chenier (1762-1794), poeta francês satírico e elegíaco.
14 "nenhuma dor maior", passagem tirada do *Inferno*, da *Divina Comédia* de Dante, o "poeta florentino".

15 William Pitt, Conde de Chatham (1708-1778), estadista inglês, chegou a Primeiro-Ministro; Robert Walpole (1676-1745), era um dos chefes do Partido Liberal da Inglaterra.
16 No edifício da Cadeia Velha funcionou a Câmara dos Deputados. No local hoje se ergue o Palácio Tiradentes, sede da Assembléia Legislativa do RJ.
17 Francês: "que nunca valeu nada".

A presente edição de HISTÓRIAS DA MEIA-NOITE de Machado de Assis, é o volume número 11 da Coleção dos Autores Célebres da Literatura Brasileira. Capa Cláudio Martins. Impresso na Líthera Maciel Editora e Gráfica Ltda., à rua Simão Antônio 1.070 - Contagem, para a Livraria Garnier, à Rua São Geraldo, 67 - Belo Horizonte. No Catálogo Geral leva o número 03011/1B. ISBN: 85-7175-003-3.